Krieg auf hoher See

Ein Roman aus dem Zweiten Weltkrieg

RICHARD G. HOLE

Krieg auf hoher See
Ein Roman aus dem Zweiten Weltkrieg

Richard G. Hole

Zweiter Weltkrieg

FORTSETZEN

Es dauerte nicht lange zu sinken.

Er tat es vor der Korvette, deren Struktur noch immer über dem Wasser auftauchte und die Geschwindigkeit allen seinen Männern keine Zeit ließ, aus dem Rumpf zu steigen, der sie auf den Grund des Ozeans zog.

Dutzende Boote schwammen jetzt auf dem Wasser.

Alle, Freund und Feind, ohne Unterschied ruderten wütend auf die Küstenwache zu, aber diese war in seinen Kampf mit dem zweiten U-Boot vertieft, um sich um sie kümmern zu können.

Krieg auf hoher See ist eine Geschichte aus der Sammlung des Zweiten Weltkriegs, einer Reihe von Kriegsromanen, die im Zweiten Weltkrieg entwickelt wurden

KRIEG AUF HOHER SEE

Vom Kommandodeck der Candell aus sah sich James Hunter, Kapitän der Küstenwache, um.

Sobald das Auge reichte, streckte sich der riesige Konvoi aus fünfzig Schiffen aus, der auf Ersuchen des russischen Hafens auf der Murmansk-Route den Nordatlantik überquerte.

Es war später Nachmittag und ein leichter Wind von der grönländischen Küste kräuselte die Meeresoberfläche.

Die Küstenwache, die aufgrund des Mangels an Kriegsschiffen, deren Anwesenheit auf anderen Kriegsschauplätzen notwendig war, für diese Aufgaben qualifiziert war, überquerte tapfer den Abschnitt der linken Seite des Konvois, den sie für die Überwachung zuständig hatte.

James richtete sein Fernglas in die Ferne und als er seine Tat kaum bemerkte, begann er zu pfeifen.

"Sind Sie glücklich, Kapitän?" Fragte Bruce Deut, der zweite Kommandant.

„Ehrlich gesagt, ja", antwortete er. Wir haben die halbe Reise hinter uns, ohne dass etwas passiert ist. Obwohl es für einen Sieg noch zu früh ist, glaube ich, dass wir dieses Mal diesen verdammten deutschen U-Booten ausweichen können.

Deut lehnte sich am Geländer und blies Rauch aus seiner schwarzen Pfeife.

"Es ist noch nicht zu spät für den Tanz", sagte er. Warten Sie, bis wir uns der norwegischen Küste nähern. Diese Piraten haben dort ihre Nester und lassen uns nicht passieren, ohne dass wir uns ein wenig im Takt bewegen, in dem sie uns berühren.

James nickte. Zu gut wusste er, dass Deuts Worte wahr waren. Es gab keinen einzigen Konvoi, der sich rühmen konnte, Norwegen ohne Verluste passiert zu haben, und das würde nicht die Ausnahme sein.

„Ich weiß", antwortete er, „aber man denkt immer gerne, dass das Beste passieren wird. Und das Beste in diesem Fall wäre, wenn ein regelmäßiger Sturm ausbricht, der diese Plünderer zwingt, in ihren Unterkünften zu bleiben.

„Vielleicht hört Gott dich und wir werden eine ruhige Reise haben", antwortete Deut.

Er war etwas älter als James, wenn auch weniger groß und stämmig, und der blonde Bart, der sich um seinen Unterkiefer kräuselte, trug zu einem viel respektableren Aussehen bei.

„Ich sehe nichts", sagte James und senkte das Fernglas.

Deut lächelte humorvoll.

„Ich versichere Ihnen, dass sie, wenn sie ankommen, ihre Visitenkarte nicht vorher weitergeben", antwortete er.

Für den Rest des Nachmittags und der Nacht segelten sie sicher nach Osten, und am Vormittag entdeckten sie eine zerlumpte Leine, über die James wieder sein Fernglas richtete.

„Norwegen in Sicht", sagte er zu Deut, der gerade an seiner Seite aufgetaucht war.

"Und Ansage des Ekels", antwortete dieser.

Die erste Warnung, sich auf den Kampf vorzubereiten, erfolgte jedoch erst am Nachmittag desselben Tages an Bord der „Candell", als die zerklüfteten Küsten Norwegens bereits deutlich sichtbar waren.

Der Funker an Bord stellte sich James vor und hielt ein Stück Papier in der Hand, das er seinem Kapitän reichte und sagte:

„Es ist vom Konvoi-Kommandanten.

Hunter las die Nachricht. Commodore Crayton gab bekannt, dass eines der Aufklärungsschiffe zwanzig Meilen südlich ein feindliches U-Boot gesichtet hatte, und befahl ihm, sich vom Konvoi zu lösen, um Nachforschungen anzustellen.

"Werden wir alleine gehen?" Fragte Deut.

„Ich weiß es nicht", antwortete James. Aber wenn ja, Gott helfe uns, wenn sich mehrere U-Boote versammelt haben, um uns anzugreifen.

Er gab die entsprechenden Befehle, und das kleine Schiff änderte seinen Kurs und steuerte seinen feinen Bug nach Süden.

„Die Ruhe ist vorbei, Deut", sagte er.

„Das ist meine Meinung. Und ich denke, die hundertfünfzig Männer in der Mannschaft stimmen uns zu.

„Ich bin glücklich über diese Einstimmigkeit", antwortete James.

Etwas würde passieren. Das war sicher. Sie hatten immer noch keine Nachricht, dass ein deutsches U-Boot vor der Schlacht geflohen war, obwohl es nur eine fünfprozentige Chance hatte, Schaden zu seinen Gunsten anzurichten.

Zehn Minuten nach dem Verlassen des Konvois, als die Silhouetten der Schiffe, aus denen er bestand, noch in der Ferne zu sehen waren, wandten James und Deut gleichzeitig ihren Blick vom Meer ab, um es zum Himmel zu bewegen, angezogen von dem Lärm, der darin widerhallte .

"Ich esse die Kanone, wenn es kein Flugzeug ist", sagte Deut.

Er spielte mit allen Vorteilen seinerseits. Das Gerät war in der Ferne gut sichtbar. Seine schwarze Masse ragte am blauen Himmel hervor und zeichnete Kreise, die es von Zeit zu Zeit unterbrach, um sich auf etwas im Wasser zu stürzen.

James fing es im sichtbaren Kreis seines Fernglases auf und verkündete:

„Es ist ein RAF-Bomber. Und entweder liege ich sehr falsch, oder es greift unser U-Boot an.

"Nun, zumindest haben wir Hilfe, wenn etwas schief geht", sagte Deut philosophisch. Befehl, Zafarrancho zu spielen?

"Ja.

In jeder Ecke des Kanonenbootes begannen die Glocken zu läuten, und seinem Ruf folgend, rannten alle Männer der Schiffsbesatzung zu ihren Posten.

Als sie sich dem Ort näherten, an dem das Flugzeug gegen seinen Rivalen kämpfte, wurden die wasserdichten Abteile geschlossen.

Diejenigen, die für den Abwurf der Tiefenbomben verantwortlich sind, die Kanoniere und die Reparaturmannschaften; sie warteten mit angespannten Gesichtern auf den Moment.

Sie waren schon ein kleines Stück von der Stelle entfernt, wo das Tauchboot sein sollte, aber sie konnten nicht die geringste Spur davon wahrnehmen. Der Bomber flog nach Süden, aber stattdessen segelten zwei englische Korvetten, die sie zum Schutz des Konvois begleiteten, mit voller Geschwindigkeit rechts von der "Candell".

„Gute Neuigkeiten", antwortete James. Gehen Sie geradeaus!

Das U-Boot schien vom Meer verschluckt worden zu sein.

Über eine Stunde lang erkundeten sie vergeblich die Umgebung. Endlich sagte Deut:

"Nun. Wir haben es verloren.

Die Küstenwache drehte sich auf den Hüften um und steuerte mit Vollgas auf den Konvoi zu, aber sie waren kaum einen halben Knoten vorgerückt, als die Ausguck einen Warnruf ausstieß.

Petty Officer Cawston rannte aufgeregt zu James.

»Ein U-Boot an der Oberfläche, Sir«, sagte er. Hinter uns.

Wieder läutete die Glocke und rief die Crew auf, auszusteigen. James befahl sich umzudrehen und richtete sein Fernglas auf das Tauchboot, aber bevor die Kanoniere schießen konnten, tauchte es wieder unter.

Allerdings verließ die "Candell" nicht deshalb das Feld.

„Komm schon! Vollgas", befahl Hunter.

In wenigen Minuten waren sie an der Stelle, wo der Feind untergetaucht war.

„Fang an, die Anklage zu erheben", befahl James Deut.

Die riesigen kugelförmigen Granaten wurden vom Katapult geschleudert und lösten beim Aufprall riesige Strahlen aus.

Ein Dutzend von ihnen wurde abgeschossen, als sich der Telegraf wieder James näherte, der das Manöver von der Kommandobrücke aus beobachtete.

Die neue Nachricht kam von einer der englischen Korvetten, die an einer Kreuzung im Candell segelten. Offenbar griff er zusammen mit seinem Partner ein weiteres U-Boot an, das er mit seinem Detektorgerät entdeckt hatte.

"Es ist schon zwei", flüsterte James

Wieder gab er den Befehl, den Kurs zu wenden und stürzte sich auf die Stelle, an der beide Korvetten Wasserbomben abfeuerten, in der Hoffnung, das Tauchboot in die Luft zu sprengen und sich ihnen bei der Aufgabe anzuschließen.

Zehn Minuten später, als die Dunkelheit fast vollständig war, erschienen Ölflecken zwischen der schaumigen Meeresoberfläche, die von den Sprengladungen entfernt wurden.

„Ein Feind weniger", sagte Deut.

Auf dem Schiff war kein einziges Licht angegangen. James warf einen Blick auf seine Uhr und vergewisserte sich, dass es neun Uhr nachts war. Er verweilte noch eine Weile auf der Suche nach neuen Feinden und befahl schließlich dem Konvoi, sich zu verbeugen.

Zehn Minuten lang segelten sie mit voller Geschwindigkeit, während die freudigen Kommentare der Besatzung zu hören waren, aber der Kampf war noch lange nicht vorbei.

Plötzlich schien ein riesiger Fleck weißen Lichts aus dem Meer aufzutauchen. James drückte seine Finger gegen das Brückengeländer und rief:

„Herrgott, Deut! Sie greifen den Konvoi an.

Das Licht nahm an Intensität und Lautstärke zu und zog die Blicke der beiden Matrosen auf sich, die es schweigend und mürrisch anstarrten.

Schüsse weit entfernter Explosionen erreichten die "Candell".

Das Dröhnen der Kanonenschüsse wurde mit den Explosionen der Torpedos vermischt und die Szene wurde durch einen bereits brennenden Öltanker und durch die von den Begleitschiffen abgefeuerten Fackeln beleuchtet, um die Angreifer besser bekämpfen zu können.

Er befahl, die Maschinen auf maximalen Druck zu setzen, und die beiden Schoner waren bald zurück, aber bevor die Küstenwache den Ort des Gefechts erreichen konnte, ging eine weitere Nachricht vom Konvoi ein.

Seine Befürchtungen waren nicht unbegründet. Dieses wurde von mindestens einem Dutzend deutscher U-Boote angegriffen. Eines der Schiffe, aus denen es bestand, war zurückgeblieben und der Befehl für die "Candell" lautete, sich um seinen Schutz zu kümmern.

„Das gefällt mir überhaupt nicht", murmelte James. Ich verteidige lieber den Konvoi.

Der Schaum des Ozeans schien unter dem Kiel der "Candell" zu kochen, als der Kurs erneut geändert wurde, und eine halbe Stunde später war das nachlaufende Schiff in Sichtweite, etwa zehn Kilometer vom Konvoi entfernt.

In der Nacht kamen sie ihm näher. Er musste schwere Pannen in einem seiner Triebwerke erlitten haben, da er kaum mit einem Drittel seiner normalen Geschwindigkeit vorankam. James kontaktierte seinen Kapitän und gemeinsam setzten sie ihre Reise fort.

"Was wird vor uns passieren?" Fragte Deut.

Sie konnten es nicht wissen. Sie waren zu weit vom Konvoi entfernt, um auch nur die Explosionen der Projektile zu hören. Nur ein schwaches Licht, das mit geisterhafter Erscheinung über die Meeresoberfläche aufstieg, sagte ihnen, dass das getroffene Schiff, wahrscheinlich ein Öltanker, noch immer brannte.

Kurz vor Tagesanbruch erreichten sie ihn, doch inzwischen war das Schiff gesunken, obwohl das mit dem Öl vermischte Wasser hier und da noch zischte.

James runzelte die Stirn. Die langsame Geschwindigkeit des Handelsschiffes hatte sie auf der Meeresoberfläche allein gelassen. Der Konvoi war weggefahren, und sie konnten keine Spur davon entdecken.

„Was für eine Wahl", knurrte er.

Wären die deutschen U-Boote mit ihrem Angriff erfolgreich gewesen, hätten sie sich möglicherweise zufrieden mit dem Ergebnis vom Schauplatz des Kampfes entfernt.

Aber in einem anderen Fall hätten sie vielleicht einige Einheiten zurückgelassen, um das Meer zu erkunden. Und sie waren da und begleiteten diesen Invaliden der Meere ...

Als sie zu ihm aufsah, sah sie neben dem Schiff, das sie eskortierten, eine riesige Schaumsäule im Wasser aufsteigen.

"Ein Torpedo!" Er murmelte. Wir sind bereit!

Bald wurden auch sie angegriffen. Ein zweiter Torpedo riss einen breiten Krater ins Wasser von der Seite der Candell und traf ihn nicht weniger als zwanzig Meter.

Alle Mitarbeiter blieben mit angespannten Gesichtern auf ihren Posten.

Nun war sich James sicher, dass sie nicht allein von einem U-Boot angegriffen werden würden, aber er achtete darauf, seinen Verdacht nicht an andere weiterzugeben, um sie nicht zu demoralisieren und nur Deut beteiligte sich an ihren Ängsten.

„Ich habe es herausgefunden", antwortete er mit größter Ruhe. „Wir sind in einen schlechten Schritt geraten.

Ein neuer Torpedo riss eine Furche ins Wasser, ging aber hinter der Küstenwache vorbei. In diesem Moment gaben die Aussichtspunkte die Stimme von:

„U-Boot an Steuerbord!

Da war der Seeräuber, halb untergetaucht. Im ungewissen Licht der Morgendämmerung waren sein Geschützturm und die Spur, die er hinterließ, sichtbar.

Die "Candell" war blitzschnell auf ihm. Das U-Boot floh vor dem Gefecht und sobald zwei Kanonenschüsse daneben explodierten, tauchte es unter.

Aber er war dem Untergang geweiht. Die Küstenwache schwebte über ihm und die Wasserbomben wurden neu platziert.

Ein paar Minuten später roch James das Öl und gab bekannt, dass ein zweites U-Boot von der "Candell" versenkt worden war.

Könnte ein solches Glück möglich sein? Er fragte sich.

Es war das dritte U-Boot, das die Küstenwache innerhalb von zwölf Stunden angegriffen hatte, und das Glück war noch nicht müde, ihnen sein Gesicht zu zeigen.

Eine Stunde später zeigte der Schalldetektor an, dass ein anderes Tauchboot um diese Orte schwebte.

James beobachtete die Schwingung der Instrumentennadel, die durch das Summen des U-Boot-Motors verletzt wurde, als er oben ein Warnwort hörte:

"Periskop!

Gefolgt von Deut und dem Bootsmann kletterte er mit voller Geschwindigkeit auf die Leiter, um zu sehen, wie er im Wasser verschwand und einen Strudel als einzige Spur seiner Anwesenheit hinterließ.

Auf seinen Befehl hin war die "Candell" über ihm und breitete das Lastenmeer aus, obwohl sie nicht wissen konnten, ob sie ihn versenkt hatten oder nicht.

"Sein Helm ist sehr hart, wenn er es geschafft hat, dieser Explosionsflut standzuhalten", kommentierte Deut.

Das fünfte U-Boot traf sie am Mittag. Er war an der Oberfläche, ungefähr fünf Kilometer entfernt, und James wandte sich seinem zweiten zu und rief:

„Es taucht nicht ein. Glaubst du, du wirst uns zurücklassen?

Als die "Candell" auf ihn zukam, war er davon überzeugt, dass dies nicht der Fall war, als er sie wieder sinken sah und an der Stelle, an der sie aus dem Blickfeld verschwand, eine weitere Wasserbombe gesät wurde.

Das bis dahin ruhige Wetter wich mitten am Nachmittag einem Orkanwind, der durch die Ausrüstung der Küstenwache pfiff und langsamer wurde.

James schickte nach Deut und Cawston und gab bekannt, dass sie sich in der Nähe des Konvois befanden.

"Wir werden ihn jedoch erst in der Nacht erreichen können", sagte er. Wenn die letzten beiden U-Boote nicht versenkt wurden, werden sie uns vielleicht folgen und wir werden sie auf ihre Spur bringen.

"Hat der Konvoi angehalten?" Fragte Deut.

„Nur ein Drittel davon, um die Besatzung von zwei Schiffen aufzunehmen, die beschädigt wurden und versenkt werden mussten. Ich habe gerade eine Nachricht vom Commodore bekommen.

„Was machen wir dann?

„Ab und zu den Kurs verdrehen, um sie in die Irre zu führen.

Als es dunkel wurde, richtete er den Bug energisch auf den Konvoi, gefolgt vom Handelsschiff, das seinen Unterschlupf nicht verließ.

„Schauen Sie", stellte Deut plötzlich fest.

Wieder stieg vor seinen Augen der weiße Schein eines Freudenfeuers auf.

„Sie greifen den Konvoi weiter an", knurrte James.

Der Schalldetektor meldete die Anwesenheit eines U-Bootes in gefährlicher Nähe. James konnte sehen, dass ihn kaum fünfhundert Meter von ihm trennten und der "Candell" drehte sich schnell um, um sie mit dem Sporn anzugreifen.

"Die Kanonen!" Donnerte James.

Als die Küstenwache durch das Wasser raste, begannen die Kanoniere ihre Aufgabe.

Es war klar, dass das U-Boot überrascht war, als es an die Oberfläche stieg. Wahrscheinlich hatte der Beobachter den Konvoi beobachtet, ohne die Ankunft der Küstenwache zu bemerken, und es würde ihn teuer zu stehen kommen.

Von der Brücke aus war James aufgeregt, als er sah, dass es sich um ein großes Schiff mit einem hohen Turm und schweren Waffen handelte.

Die Besatzungsmitglieder wurden mit ihren Ferngläsern gefangen. Sie bewegten sich schnell und versuchten, eine ihrer Kanonen auf die Küstenwache zu richten, während sie die ganze Zeit warnen.

"Diese Maschinengewehre!" rief James.

Ein halbes Dutzend von ihnen großen Kalibers fegte über das Deck des U-Bootes, von dem sie nur zweihundert Meter entfernt waren.

James beobachtete das Geschehen mit vor Aufregung leuchtenden Augen. Neben ihm kaute Deut nervös auf seiner Pfeife.

"Sie sind unsere!" Er sagte.

Plötzlich spürte Hunter einen stechenden Schmerz in seinem Rücken und seiner rechten Wange und stöhnte. Deut drehte sich zu ihm um und nahm die Pfeife aus seinem Mund, als er sah, wie das Blut über das Gesicht seines Vorgesetzten lief.

James vermutete, dass sie ihm helfen wollte und biss die Zähne zusammen, um sich zu beherrschen.

„Ruhe", sagte er mit ruhiger Stimme. Gib mir dein Taschentuch.

Deut reichte es ihm und James wischte sich damit das Blut aus dem Gesicht und legte es dann auf die Wunde. Deut rief aufgeregt:

„Runter von der Brücke, James.

"Jetzt?" Habe diesen gefragt. Denk nicht mal dran…

Er ballte die Hände am Geländer und beobachtete den Kampf.

"Stürmen sie uns von hinten an, Deut?" Er hat gefragt.

"Nicht, dass ich davon Wüste.

„Also, was zum Teufel hat mir wehgetan? Mein Rücken fühlt sich an, als wären Dutzende von Nadeln in mir stecken geblieben.

Deut sah zurück. Der Schild einer der Kanonen war gefallen, von einem feindlichen Projektil gelöst, und die Splitter, die von dem Schuss abgerissen worden waren, hatten James verwundet.

Das U-Boot versuchte zu wenden, als die "Candell" darauf aufschlug, aber der Bugsporn der Küstenwache versetzte einen flüchtigen Schlag und warf die Hälfte der Schiffsbesatzung zu Boden.

Als sie sich vom U-Boot trennten, feuerten die Kanonen aus nächster Nähe wieder auf ihn.

James fühlte einen entsetzlichen Schmerz in seinem Rücken, aber er fuhr fort, Befehle zu geben, ohne seinen Posten zu verlassen, und fühlte, wie tausend heiße Splitter seine Haut und sein Fleisch verbrannten.

Er vergaß den Schmerz, als er seinen Feind zittern sah, erschüttert von dem Aufprall.

Eine Sekunde lang blitzte ein Licht auf, dann war es verschwunden, und die Männer begannen, einer nach dem anderen das U-Boot zu verlassen, während das Monster langsam sank.

„Sammelt die Schiffbrüchigen", befahl er.

Die deutschen Matrosen schwammen auf die Küstenwache zu, aber bevor sie ihre Seite erreichen konnten, wurden sie von dem gewaltigen Wirbel, der durch den Untergang des Schiffes erzeugt wurde, verschluckt und verschwanden darin.

James und die anderen hatten nicht viel Zeit, es zu spüren.

Die Candell legte nach Backbord, und ihr Kapitän erfuhr bald, dass sie unterhalb der Wasserlinie eine vierzehn Fuß lange Lücke auf der Seite hatte, durch die das Wasser strömte.

Der Wind hatte an Stärke nachgelassen, ließ aber immer noch große Wellen aufkommen, die ihn in Gefahr brachten, Schiffbruch zu erleiden, als sie gegen seine Flanken schlugen.

James ging hinunter zu der Stelle, an der der Fehler lokalisiert worden war. Deut, der ihm folgte, bemerkte plötzlich den riesigen roten Fleck auf seinem Rücken und rief:

„Sie müssen sich in die Hände des Arztes begeben. Du wirst ausbluten.

"Lass mich jetzt alleine!" war die Antwort.

Cawston hatte die Lenzpumpen bereits gestartet, aber trotz ihrer hohen Geschwindigkeit strömte mehr Wasser ein, als sie herausziehen konnten, und der Pegel begann zu steigen.

Zuerst waren es ihre Knöchel, dann waren ihre Knie feucht vom Brackwasser des Atlantiks.

„Es gibt nichts zu tun", murmelte der Bootsmann.

Plötzlich ging das Licht aus und die Motoren stoppten. James fluchte.

"Der arme 'Candell' hat sich in einen Baumstamm verwandelt", sagte Deut.

„Und dass du es sagst. Ich weiß nicht, ob wir lange über Wasser bleiben können.

Die Bilgenpumpen setzten ihre Arbeit im Dunkeln fort, am Arm bedient.

Es war nicht das Schlimmste, dass das Wasser langsam weiter stieg, aber die Unsicherheit. James wusste sehr gut, dass der Kampf weiterging und sie jeden Moment einen Torpedo erhalten konnten, der die Leiden des tapferen kleinen Bootes beenden würde.

Zum Glück war es bereits dunkel und die Sicht war gleich null. Du willst nicht, Deut führte ihn in seine Kabine, als er bemerkte, dass seine Beine gebeugt waren und James mit dem Gesicht nach unten auf dem Bett ausgestreckt lag.

Dr. Barnet zog ihm mit geschickter Hand seine Kleider aus und untersuchte die Wunde.

"Es würde einen starken Magneten brauchen, um so viele Dornen zu entfernen, wie sie darin stecken", sagte er. Ich werde es jedoch versuchen.

Eine halbe Stunde lang verbrachte James die Qualen der Hölle. Der Arzt stocherte mit einer Pinzette in seiner Wunde, und jedes Stück Stahl, das er entfernen konnte, kostete den Matrosen einen Schwall Schweiß.

Nach der Hälfte der Aufgabe nahm er das Taschentuch, in das er sich gebissen hatte, aus dem Mund, um Deut zu fragen, wie das Bilgenmanöver verlaufen sei.

„Wir haben es geschafft, einen Teil der Lücke zu schließen", antwortete er. Wir arbeiten bei Kerzenlicht, aber ich denke, wir werden es schaffen, uns über Wasser zu halten.

Endlich beendete Barnet die Aufgabe. Als er damit fertig war, ihn zu verbinden, setzte sich James, dessen Gesicht im schwachen Licht der Kerze, die die Kabine erhellte, bleich und verwirrt war, auf die Bettkante.

Die Stunden vergingen langsam und qualvoll, bis das Licht der Morgendämmerung durch das Kabinenfenster sickerte und ihn aufblicken ließ.

Und in diesem Moment, als sie gesiegt zu haben schienen, ertönte die Stimme eines der Männer der Mannschaft mit schmerzerfülltem Zittern und erschreckte sein Herz.

„Schiff in Sicht! Es kommt zu uns!

James stöhnte fast.

Sie sprang auf, die Lippen vor Entschlossenheit geschürzt. Jetzt war er mehr denn je entschlossen, an Bord der Candell bis zu seinem letzten Atemzug zu kämpfen, bis zu seiner letzten Rakete, wer auch immer es war.

Plötzlich spürte sie, wie ihre Sicht verschwamm und ihre Beine einknickten.

"Barnet!" Er hat angerufen.

Der Arzt rannte schon auf ihn zu und hielt ihn hoch. James legte einen Arm um ihre Schultern und sagte heiser:

„Bring mich nach oben.

Barnet versuchte zu protestieren. Dicke Tropfen kalter Schweißperlen traten dem Matrosen auf die Stirn, dessen Geste entschiedener wurde.

„Sag nichts", fügte er hinzu. Über.

Es war sinnlos, mit einem Mann wie diesem zu streiten, der trotz seiner Jugend einen eisernen Willen besaß.

Barnet nahm an, dass er die Qual der Hölle durchmachen würde und erklärte nicht, woher er die Kraft nehmen konnte, mit ihrer Hilfe die eiserne Leiter und die Brücke hinaufzuklettern.

Dort angekommen, erschien Deut neben ihnen.

"Wo ist das Schiff?" Fragte James.

Deut wies ihn in eine bestimmte Richtung nach Steuerbord. James blickte finster auf die sich schnell nähernde schwarze Masse und befahl seinem Untergebenen:

„Lasst die Artillerie sofort feuerbereit sein.

Als Deut den Befehl weitergab, richtete James das Fernglas auf das Schiff, das drohend auf sie zukam.

Angst drückte seine Brust. Wäre es Freund oder Feind? Würden sie wieder kämpfen müssen, im Zustand der "Candell"?

Das andere Schiff tauchte schließlich aus den Nebelschwaden auf, die es einhüllten, und sein Name, der in schwarzen Buchstaben auf das Heck geschrieben war, wurde für James perfekt sichtbar.

""Burza"" gelesen. „Deut!" schrie er vor Freude. Nicht schießen! Es ist die „Burza"! Signal ihm.

Die Fahnen wehten in der Luft. James senkte das Fernglas.

Ohne sie zu brauchen, konnte er das Antwortsignal des polnischen Zerstörers sehen, das bei der Besatzung der angeschlagenen Küstenwache Jubelschreie auslöste.

"Hey, James!" Deut schrie von unten. Er kommt uns zu Hilfe.

Die "Burza" war ein polnischer Zerstörer, der ihnen beim Eskortieren von Konvois half. Bei der Evakuierung von Dünkirchen hatte ihn die deutsche Luftfahrt ohne Bogen zurückgelassen, aber dank einer übermenschlichen Anstrengung seiner Besatzung und einem Wunder des Himmels, das es ihm ermöglichte, über Wasser zu bleiben, gelang es ihm, einen englischen Hafen zu erreichen, wo sie einen neuen anlegten Bogen.

Seitdem jagt er deutsche U-Boote mit der gleichen Wut, als wären sie böse Tiere und hat einen Dienstausweis, der es wert ist, in die Annalen des ehrgeizigsten Kapitäns der Marine aufgenommen zu werden.

Die "Burza" manövrierte geschickt und wurde neben die Küstenwache gestellt und mit Hilfe seiner Männer konnte der Schaden so weit repariert werden, dass er in die Vereinigten Staaten zurückkehren konnte.

Das polnische Schiff eskortierte sie zwei Tage und zwei Nächte, bis sie eine schlanke kanadische Korvette bewachten, die sie schützte, während der Schlepper, der sie in die Vereinigten Staaten bringen sollte, ankam.

Endlich trafen sich die beiden amerikanischen Schiffe mitten auf dem Ozean. Inzwischen waren James' Wunden wieder gut, und als die kleine Gestalt des tapferen Schleppers am Horizont aufragte, konnte er nicht anders, als nach Luft zu schnappen.

"Himmel, Deut! Wie tapfer sie sind! Sieh, wie waghalsig es ist, in dieser Muschel aufs Meer zu gehen ...

Weder er noch Deut wussten nicht, dass die germanischen Tauchboote in ihrer Kühnheit in die Nähe der amerikanischen Küste kamen. Außerdem waren einige von ihnen den St. Lawrence River stromaufwärts gesegelt.

Und doch hatten die sechs oder sieben Männer auf dem Schlepper nicht gezögert, solche Risiken einzugehen; wusste, was damals ein Kriegsschiff bedeutete.

Der Kapitän des Schleppers, ein älterer Mann, der an Deck so ruhig rauchte, als ob er Touristen auf dem Michigansee spazieren ginge, begrüßte sie und wedelte mit der Hand in der Luft.

Sofort wurde ein Kabel auf sie geworfen und die "Candell" verabschiedete sich von der kanadischen Korvette, doch bevor er sich auf den Weg machte, überreichte James seinen Offizieren drei prächtige Truthähne aus dem Kühlschrank der Küstenwache.

Der Empfang der "Candell" in den Werften, wo sie repariert werden sollte, war eines hochfliegenden Schiffes würdig.

Die gesamte Crew bekam einen Monat Urlaub und als sie nach Philadelphia zurückkehrten, war die "Candell" repariert, nagelneu und wie neu.

Die Lücke war geschlossen und die Maschinen haben einen guten Job gemacht. Als James wieder hineinkletterte, sah er aufgeregt zu den hundertfünfzig Männern, die ihn angrinsten.

„Jungs", sagte er ihnen. Wir stehen immer noch auf Hitlers schwarzer Liste und haben Großes vor. Ich nehme an, Sie freuen sich wie ich darauf, sie mit Ihren U-Booten wiederzusehen, aber das wird vorerst nicht passieren, weil wir einen neuen Dienst zugewiesen bekommen, der ausgeruhter und näher an der Heimat ist, wenn auch nicht ohne Risiken.

Neugieriges Gemurmel von seinen Männern ertönte und James lächelte.

„Sagen Sie es jetzt", drängte Deut ihn, der mit den anderen Offizieren an seiner Seite war.

"Ab morgen patrouillieren wir an der Atlantikküste, von New York bis Halifax", sagte James.

Der Großteil der Crew begrüßte die Nachricht mit Freude.

Seit mehreren Monaten halfen sie gigantischen Konvois, die Gefahr der U-Boote zu vermeiden, mit ernster Gefahr für sie, und eine Saison erholsamer Patrouillen, immer in Küstennähe, schien ihnen nicht schlecht.

Und so begann ein neues Leben für den "Candell" und seine Männer.

Drei Monate lang patrouillierten sie unermüdlich an der Küste entlang, bis alle ihre Häfen, ihre Buchten und ihre Kurven kein Geheimnis mehr vor ihnen hielten.

Boston, Providence, Portland, Nieuport und Portsmouth wurden regelmäßig von den "Candell" besucht, ohne dass während dieser neunzig Tage ein Abenteuer erwähnenswert war.

Die Männer langweilten sich an Bord und James selbst sehnte sich nach der vorherigen Aktivität, die im Gegensatz zu diesem ruhigen Mädchen stand. Das sagte der Bootsmann Cawston.

„Man sagt, deutsche U-Boote wagen es, hierher zu kommen. Ich werde ihnen nicht widersprechen, aber es scheint, dass unsere Anwesenheit ausgereicht hat, um sie zu vertreiben.

Es würde nicht lange dauern, bis er merkte, dass er nicht recht hatte.

Was geschah, war, dass die Tauchboote es vorzogen, ihre Opfer vor der Küste und näher an ihren Stützpunkten zu bringen.

Als sie jedoch den enormen Schutz erkannten, den die Schiffe der Formationen genossen, fehlte es nicht an kühnen Kapitänen, die sich die Küsten Amerikas zum Ziel setzten.

Die "Candell" hatte eine Patrouillenmission nach Cape Sable, Nova Scotia, wo er mit dem Kapitän der kanadischen Korvette, die an der kanadischen Küste patrouillierte, Eindrücke austauschte.

Bei einer dieser Gelegenheiten teilte Henry Lawson, der Kapitän der Korvette genannt wurde, ihm mit, dass an der Mündung des Sankt-Lorenz-Stroms zwei deutsche U-Boote gesichtet worden waren.

"Es ist nicht schwer zu wissen, wonach sie suchen", sagte er. Der Ontariosee ist zu einer riesigen Werft geworden, auf der Zehntausend-Tonnen-Schiffe der "Liberty" gebaut werden, die dann auf dem Fluss das Meer erreichen. Es besteht kein Zweifel, dass sie eine gute Beute sind.

„Ich denke, du hast recht", unterstützte James. Auf jeden Fall ist das weit nördlich unserer Grenze, aber wenn Sie einmal in einer Notlage sind, zögern Sie nicht, uns anzurufen.

Lawson dankte ihm für das Angebot. Er war ungefähr im Alter von James.

Sein schwarzes Haar, seine stechenden Augen und seine gerade Nase sprachen von lateinischer Abstammung, wahrscheinlich französisch.

Als er das Candell verließ, schüttelte Deut den Kopf und sagte:

„Ich mag diesen Jungen. Es ist gelassen und ruhig und einer von denen, die etwas zu tun geben, wenn sie gestochen werden.

Lawson salutierte vom Boot aus, das seine Korvette, die "Canadian", trug, hielt in einem Viertelknotenabstand an, und die beiden Matrosen salutierten zurück.

Der Kanadier raste von ihnen in Richtung Norden davon. Deut wiederum fragte James:

"Lass uns gehen?

„Es gibt keine Eile", antwortete er. Wir werden die Bay of Fundy erkunden.

Die tiefe Bucht öffnete sich bereits in kanadischen Ländern zwischen dem Festland und der Halbinsel Nova Scotia. Der "Candell" drang in sie ein, untersuchte sie zwei Tage lang gründlich und fand nichts Auffälliges.

Als sie es verließen, zeigte James den Wunsch, seine normale Reise nach Norden etwas zu verlängern.

Also kletterten sie über das kleine Ding von Nova Scotia, passierten Halifax und setzten ihren Marsch nach Norden fort. Kurz darauf gab James in Sherbrooke den Befehl, umzukehren.

Sie hatten kaum einen halben Knoten vorgerückt, als Deuts Adleraugen auf ein hochfliegendes Flugzeug gerichtet waren.

Die Besatzungsmitglieder des Flugzeugs müssen sie auch gesehen haben, als sie mit hoher Geschwindigkeit abstiegen und begannen, die "Candell" zu umkreisen.

„Er ist Kanadier", sagte James. „Was will er von uns?

"Vielleicht warnt es uns, dass wir in seinen Gewässern sind", antwortete Deut.

„Ich glaube nicht, dass es daran liegt.

Es dauerte nicht lange, bis er erkannte, dass er Recht hatte, als der Telegraf ihm eine Nachricht überreichte, die er angeblich gerade aus dem Flugzeug erhalten hatte. James las es und reichte es Deut mit der Frage:

"Wie wäre es mit?

"Zwei U-Boote greifen vor Louisbourg eine kanadische Korvette an", las Deut zum zweiten Mal. Warum macht ihr nicht mit beim Spaß?

"Könnte es Lawson sein?" Fragte James.

„Wir können eine so höfliche Einladung nicht ablehnen", antwortete James. Andererseits ist es die erste Gelegenheit, Spaß zu haben, die uns seit drei Monaten geboten wird. Lass uns da hin gehen.

Die Candell raste mit Vollgas nordwärts.

Kaum eine Viertelstunde später kam der Telegraf mit der Korvette in Kontakt.

"Es ist der 'Kanadier'", sagte er zu James, der seine Manipulationen mit größtem Interesse verfolgte.

Lassen Sie ihn wissen, dass wir ihm zu Hilfe kommen.

Der Telegraf fragte nach weiteren Details und erfuhr, dass die Korvette ein U-Boot entdeckt hatte, das in dem schmalen Meeresarm zwischen Neufundland und der Insel Cape Breton kauerte.

"Die Besatzung des Apparates sprach von zwei U-Booten", erinnerte sich Deut.

"Nun. Wir werden es bald herausfinden.

Die eisige Brise von Neufundland schnitt ihnen ins Gesicht. Die See war ruhig, aber die Nebelschwaden wurden dichter, als sie sich dem Kampfort näherten.

Ein paar Minuten später erreichte der Kanonendonner seine Ohren. Zu diesem Zeitpunkt sendete die Korvette dringende Notrufe, die zeigten, dass sie sich in einer Notlage befand.

"Schneller!" Brüllte James.

Die Maschinen der Candell arbeiteten auf Hochtouren.

Das Schiff bewegte sich schnell, wie in seinen besten Tagen, aber alle Geschwindigkeit war für James' Ungeduld zu langsam.

Plötzlich wurden die "kanadischen" Nachrichten zu kurzen Drei-Buchstaben-Signalen, die in regelmäßigen Abständen gesendet wurden.

"SOS ... SOS ...

»Cawston«, brüllte James durch das interne Telefon, »können Sie aus diesem verdammten Boot nicht mehr Geschwindigkeit herausholen?

"Es tut mir leid, Sir", antwortete der Bootsmann unruhig. Wir werden von einem Moment auf den anderen platzen.

„Selbst wenn das der Fall ist, erhöhen Sie den Druck.

Die "Candell" flog. Das Dröhnen der Kanonenschüsse klang immer anders und hob sich am deutlichsten vom Lärm der Luft ab, die über das Deck fegte.

„Die Korvette feuert nicht mehr", sagte James. Sie erledigen sie mit Kanonenschüssen.

Deut nickte. Es muss mehr als ein U-Boot gewesen sein, das auf das kanadische Schiff feuerte, damit es in der Lage war, es zu besiegen. Plötzlich riss die Stimme des Wächters durch die Luft

„Ich sehe sie, Captain", rief er aus. Sind zwei...

Die Kanoniere waren an ihren Posten, bereit, die Kanonen einzusetzen, und die Wasserbomben-Katapult-Server warteten nur auf den Befehl, in Aktion zu treten.

Bald darauf war die Show für alle sichtbar.

Die "Canadian" versank langsam im kalten Wasser des Ozeans.

Das Flugzeug überflog es und die U-Boote, aber sie hielten es mit ihren Flugabwehr-Maschinengewehren in Schach, während sie gleichzeitig mit ihren Decksgeschützen versuchten, den Untergang der Korvette zu beschleunigen.

"Feuer, Deut!" rief James. Versuchen Sie, gut zu zielen.

Das Sperrfeuer "Candell" war die erste Nachricht für die begeisterten U-Boot-Besatzungen, dass es hinter ihrem Rücken präsent war.

Neben einem von ihnen lösten die Projektile Wasserstrahlen aus. Durch das Fernglas konnte James sehen, wie seine Besatzungsmitglieder von Deck stürzten, um zu tauchen.

Es war notwendig, sich zu beeilen, um es nicht zuzulassen.

Als die Küstenwache vorrückte, dröhnten ihre Geschütze erneut, und James stieß einen Freudenschrei aus, als er sah, dass eines der U-Boote getroffen worden war.

„Die Korvette sinkt", murmelte er, „aber wir werden sie wenigstens rächen.

Die Besatzung des kanadischen Schiffes eilte in den Booten in Sicherheit.

Währenddessen tauchte das zweite U-Boot langsam unter und James gab den Befehl, darauf zuzusteuern, ohne auf das andere zu schießen.

Es dauerte nicht lange zu sinken. Er tat es vor der Korvette, deren Struktur noch immer über dem Wasser auftauchte und die Geschwindigkeit allen seinen Männern keine Zeit ließ, aus dem Rumpf zu steigen, der sie auf den Grund des Ozeans zog.

Dutzende Boote schwammen jetzt auf dem Wasser. Alle, Freund und Feind, ohne Unterschied ruderten wütend auf die Küstenwache zu, aber diese war in seinen Kampf mit dem zweiten U-Boot vertieft, um sich um sie kümmern zu können.

Die Wasserbomben begannen dort zu fallen, wo er noch vor wenigen Augenblicken gewesen war, jenem. Ein Dutzend von ihnen explodierte in kurzer Entfernung voneinander, bevor James befahl, zurückzugehen, um eine neue Aussaat zu machen.

Inzwischen hatten sich die Insassen zweier Boote der inzwischen dauerhaft versenkten "Canadian" der "Candell" nähern können und kletterten mit Hilfe ihrer Besatzung an den Seiten der Küstenwache hoch.

James suchte die Meeresoberfläche ab. Der Wind wurde von Sekunde zu Sekunde stärker und er konnte den erwarteten Ölfleck nicht erkennen. Deut ließ immer noch Anklagen fallen, aber es war klar, dass er verwirrt und desorientiert war. Endlich kam er auf die Brücke.

„Dieser Bastard ist uns entkommen", grummelte er.

Immer wieder trafen neue Schiffbrüchige im Candell ein. James sah von der Brücke aus, dass Henry Lawson einer von ihnen war, und freute sich von ganzem Herzen.

Sie nahmen gerade die Insassen des einzigen Bootes auf, das es geschafft hatte, sich vom gesunkenen U-Boot zu lösen, als der Ausguck ausrief:

„Periskop zum Hafen!

James starrte ihn an.

Es war kaum zu glauben, obwohl es wahr war. Das U-Boot hatte geschickt unter seiner Nase manövriert und sich fast hinter ihm platziert, in einer großartigen Position, um seine Torpedos abzufeuern.

Im Wasser verlängerte sich ein weißer Pfad zum "Candell".

Es war unerhört. Von hundert U-Booten wären neunundneunzig davongelaufen und hätten die Verwirrung nach beiden Schiffswracks ausgenutzt, aber dieser Wahnsinnige bestand darauf, zu kämpfen.

Gut. Er würde nicht derjenige sein, der es aufhält. Deut hatte auch die drohende Schaumlinie bemerkt und manövriert geschickt, um die Kollision zu vermeiden.

„Pass auf den zweiten Torpedo auf!" rief James.

Seine Warnung war nutzlos. Die "Candell" bewegte sich flink, konnte dem Aufprall aber nicht entgehen und eine entsetzliche Explosion erschütterte ihn, als er im Begriff war, sich gegen das Tauchboot zu stürzen.

James wurde zu Boden geworfen, aber er rappelte sich auf und ging an Deck.

Der Torpedo hatte ein Stück vom Heck der Candell abgerissen, durch das das Wasser strömte.

Deut beschäftigte sich damit, es zu verkleinern, während andere Männer die Verwundeten von diesem Ort entfernten. James kehrte zur Brücke zurück und knirschte vor Wut mit den Zähnen.

Lawson war da und kommentierte:

„Es wird hässlich.

„Jetzt wirst du sehen, was gut ist", murmelte James.

Seinem Befehl folgend, startete die "Candell" in Richtung des Ortes, an dem das U-Boot war.

Er feuerte nicht mehr, vielleicht dachte er, der Bruch würde ausreichen, um die Küstenwache zu versenken.

Das Gerät flog seinerseits sehr nahe am Wasser und feuerte von Zeit zu Zeit seine Maschinengewehre darauf ab, um den Standort des U-Bootes anzuzeigen.

"Ladungen!" rief James.

Die furchterregenden Sphären begannen wieder zu fallen. Ihre Explosionen waren so intensiv, dass die "Candell" krampfhaft zuckte, ohne anzuhalten.

Es war unmöglich für das Tauchboot, so vielen Explosionen standzuhalten, und als die Luft schließlich zu einem Hurrikan wurde, der bedrohliche Wellen aufzog, tauchte der Ölfleck an der Oberfläche auf, der seine Zerstörung ankündigte.

Dann konnte James die Situation in den Griff bekommen.

Die Candell hatte am Heck enormen Schaden erlitten. Tatsächlich war alles von den Wurzeln abgerissen, aber zum Glück hatte Deut es geschafft, eine Mauer mit Zementsäcken bis über die Wasserlinie zu errichten, indem er die verdrehten Eisen ausnutzte.

„Schlecht", murmelte James. Das Schiff ist überladen.

Neben seiner normalen Besatzung führte er die Hundertschaft der Korvette sowie eine Besatzung deutscher Gefangener des U-Bootes mit, die gut bewacht an Deck blieben.

Hallo Lawson. Du kennst diese Gewässer besser als ich", sagte er. Was ist die nächste Küste?

"Neufundland", antwortete der Kanadier. Port Aux Basques ist nicht weit. Wenn wir dort hinkommen...

„Wenn dieser verdammte Wind nicht wäre ...

Die "Candell" war ein sehr seetüchtiges Schiff, aber unter diesen Bedingungen, tödlich verwundet und mit Männern überladen, war es für sie sehr schwierig, sich in Sicherheit zu bringen.

James Hunter und Henry Lawson waren zwei gute Matrosen, um sich selbst etwas vorzumachen. Mit einem einzigen Blick verstanden sie sich, aber mit einem anderen beschlossen sie, bis zum Ende zu kämpfen.

Es waren noch zwei Stunden bis zum Einbruch der Dunkelheit, aber der Nebel hing über der Küstenwache und verstärkte die Qual seiner Qual.

Die Wellen häuften sich wie wild, rammten seine Flanken, und der tapfere "Candell" prallte von seinem schaumigen Rücken ab wie ein Gummiball in den Händen schelmischer Jungs.

An Deck klammerten sich die Männer irgendwo fest, um nicht aufs Meer hinausgeschleift zu werden. Unten mühten sich Deut und seine Männer ab und versuchten, einen winzigen Teil des Wassers aus dem Schiff zu entfernen.

Glücklicherweise reagierten die Maschinen entschlossen, und die "Candell" fuhr weiter nach Norden, in der Hoffnung, den kleinen Hafen von Aux Basques zu erreichen.

Im Cockpit auf der Brücke beobachteten James und Henry, wie die grauen Massen der sich bewegenden Wellen über das Schiff schlugen und zu Schaumspitzen verschmolzen.

James befahl ihnen, nach Deut zu suchen, und als er ihn am anderen Ende des internen Telefons hatte, fragte er ihn, wie es unten lief.

"Böse" antwortete Deut ohne Linderung. "Die Wellen haben die Mauer aus Zementsäcken dreimal zerstört. Ich denke, alles ist verloren.

Hunter biss sich auf die Unterlippe und weigerte sich, aufzugeben.

"Haben Sie eine Ahnung, wo wir sind?" Fragte Deut.

„Etwa sechs Meilen vor der Küste von Neufundland", antwortete James.

„Sicher? Ich dachte, das Meer zieht uns an.

„Nicht. Die Maschinen reagieren gut. Vielleicht können wir das hinbekommen.

Henry schüttelte den Kopf und gehorchte dem Impuls, dass die "Candell" nicht wieder segeln würde.

Eine halbe Stunde später war auch James überzeugt, dass alle Bemühungen, dies zu verhindern, die letzte Reise der Küstenwache waren, vergeblich waren.

Die Lücke wich nicht nur der unbändigen Wut des Ozeans, sondern die Wellen, die gegen die Ränder kämpften, vergrößerten sie immer mehr und rissen die von Deut arrangierten Zementsäcke sowie die Holzbretter und Stahlträger auf. der Struktur.

„Nichts zu tun", sagte Deut. „Nach und nach werden wir ohne Boot dastehen.

Das Wasser reichte den Männern bis zu den Knien und die "Candell" schien zu atmen wie ein Maultier, das mit vier Männern einen Hügel hinaufgefahren ist.

„Er kann nicht einmal mehr mit seiner Seele", betonte Cawston.

Das veranlasste James, dem Telegrafen zu befehlen, Hilferufe zu tätigen.

"Wir werden nichts voranbringen", sagte Henry. Alle Schiffe liegen in Häfen geschützt. Wenn es irgendwelche außerhalb von ihnen gibt, wird er genug damit zu tun haben, für sich selbst zu sorgen.

„Wir werden so lange auf dem Schiff bleiben, wie ich durchhalten kann", entschied James. Es ist gefährlich, Boote bei diesem Wind zu senken.

Henry stimmte ihm zu, aber sie dachten beide ängstlich, als sie trotz aller Gefahren gezwungen waren, die Boote zu besetzen.

Der Wind hatte nachgegeben, aber der Nebel wurde dichter.

„Ich hoffe immer noch...", begann James zu sagen, aber in diesem Moment gingen die Lichter aus und unterbrachen ihn.

"Was ist los, Cawston?" fragte er durch die Röhre.

"Das Wasser ertränkt die Maschinen", antwortete der Bootsmann. "Hey, Captain. Es ist sinnlos, weiterzumachen. Die Männer bekommen Angst.

Lass sie an Deck kommen", befahl der junge Mann. Er wandte sich an Henry und fügte hinzu: „Es ist besser, das Schiff zu verlassen, bevor es sinkt." Ich will keinen nutzlosen Niederschlag.

Schon bald versammelten sich die Maschinisten und Reparaturtrupps an Deck. Die "Candell" war schon ein Spielball der Wellen, aber die Windstärke ließ scheinbar nach, und das Meer beruhigte sich, als sei es seiner Beute schon sicher.

Die Hilfsöllaternen wurden angezündet, und in ihrem verblassenden Licht warf James einen Blick über die Gruppe der dunkelgesichtigen Männer.

„Es ist schrecklich", sagte er. Die Boote werden überladen.

„Wenn der Sturm nachlässt, können wir die Küste erreichen", sagte Deut.

James wartete noch ein paar Minuten. Der Orkanwind, der die "Candell" getötet hatte, verwandelte sich in eine eisige Brise, aber die Küstenwache legte sich auf die rechte Seite. Es war unmöglich, das Spiel noch länger hinauszuzögern.

Die Männer stellten sich vor den Booten auf, die zum Meer hinabfuhren, und jeder von ihnen war mit doppelt so vielen besetzt, wie es ihre Sicherheit erlaubte, und sanken gefährlich im Wasser.

"Was sollen wir mit den Gefangenen machen?" Fragte Deut.

James biss die Kiefer zusammen.

"Sie sind Männer wie wir und haben uns ihr Leben anvertraut", sagte er. Sie müssen gespeichert werden. Verteile sie, Deut. Eine in jedem Topf.

Die US- und kanadischen Segler waren mit der neuen Bestellung nicht gerade zufrieden. Alle zogen sich bereits auf unglaubwürdige Weise an und das geringste Gewicht verringerte die Möglichkeiten, den Boden zu erreichen.

Schließlich wurden sie von der Seite gelöst, bis nur noch einer neben ihm blieb.

„Runter, Cawston. Und du auch, Deut", befahl James. Henry, ich habe mich sehr gefreut, dich kennenzulernen", sagte er und streckte dem Kanadier die Hand entgegen.

"Kommst du nicht?" Fragte der Bootsmann.

„Nein", antwortete James mit Integrität. „Ich bleibe an Bord, bis ...

„Das ist verrückt. Ich werde es nicht zulassen", rief Deut aus.

James' Augen blitzten.

„Runter, sagte ich. Mit euch drei trägt dieses Boot zehn weitere Männer. Mein Gewicht würde ausreichen, um es zu versenken.

„Ich bleibe bei dir", beschloss Henry.

„Und ich", sagte Deut.

„Ich auch", fügte Cawston hinzu.

„Du kannst mir nicht ungehorsam sein", sagte er. Unten, sagte ich.

Cawston zögerte. Der "Candell" beugte sich für einen Moment. Dringende Stimmen kamen von unten.

James griff unter seinen Regenmantel und zog eine Pistole aus den Falten.

„Ich sagte, komm runter", sagte er und schwenkte es drohend vor den Augen des Bootsmanns.

Cawston zögerte. Er warf einen Tadel aus und spreizte das Deck.

„Du, Deut. Und du.

"Ich gehe nicht, auch wenn es mich umbringt", antwortete Henry Lawson. Ich bin genauso Kapitän wie Sie.

„Aber nicht von diesem Schiff", brüllte James. Geh weg und mach dir keine Sorgen um mich. Ich habe ein Schlauchboot und werde es damit versuchen ...

"Es tut mir leid, aber ich bleibe." Henrys Stimme war fest wie ein Fels.

Die beiden Männer betrachteten sich eine Sekunde lang antagonistisch. Von unten ertönten wieder angsterfüllte Rufe, damit sie sich beeilen sollten. James senkte die Pistole, die Deut trug.

„Schieße, wenn du willst", antwortete er, „aber ich gehe nicht. Was immer aus dir wird, wird von mir sein.

Hunter steckte die Waffe weg.

„Nun, du weißt, dass ich das nicht kann", sagte er. Hey, die im Boot! Verschwinde von hier.

Aus dem dunklen Brunnen unten kam Cawstons alarmierte Stimme:

"Und Sie?

„Geh weg, sagte ich. In ein paar Minuten ist es spät.

Die rhythmischen Schläge der Ruder waren zu hören. Dann ertönte die Stimme des Bootsmanns aus der Dunkelheit um den Candell und wünschte:

„Viel Glück, Kapitän!

„Cawston...", murmelte James mit zitternder Stimme.

Zehn Monate lang waren sie zusammen gesegelt, unter Gefahren und guten Zeiten, die eine tiefe Freundschaft zwischen ihnen begründet hatten, um zu diesem ...

Die Candell lehnte sich weiter in den Ozean, müde vom Kämpfen. Der Wind war immer noch stark, aber die See war ruhiger und die Boote würden mit ziemlicher Sicherheit das Festland erreichen können.

„Komm", drängte Deut, „das Schiff wird bald sinken.

„Geh und hol das Schlauchboot", antwortete James. Lassen Sie uns alle drei anpassen.

Deut lief bereits auf Deck, das etwa dreißig Grad geneigt war. James sah, wie er die Kasematte erreichte, in der das Boot lag, und mit ihm und einer großen Pumpe hinausging, um sie mit Luft zu füllen.

In wenigen Minuten führten sie die Operation durch. Als sie das Rettungsgerät ins Wasser werfen wollten, zitterte der "Candell", als hätte ihn ein riesiger Fisch zu Boden gezogen.

"Beeil dich, Deut!" rief James.

Das Schiff neigte sich ziemlich schnell, während es sich auch verbeugte.

Endlich berührte das Wasser ihre Füße. Sie legten das Boot ab, und Henry Lawson kletterte hinein.

Dann taten es James und Deut, jeder auf einer Seite, und beide schwangen energisch die Paddel, um von dem verwundeten Schiff wegzukommen.

Das Boot war groß genug, um alle drei aufzunehmen, aber ohne jeglichen Durchhang. Seine breiten, mit Luft gefüllten Ränder befanden sich fast auf Wasserniveau und unterstützten den Ansturm der Wellen. Die beiden Matrosen ruderten schnell, den Blick auf die "Candell" gerichtet ...

Die tapfere Küstenwache kreischte wieder, als wollte sie sich verabschieden, und sank schnell.

Das Wasser des Meeres teilte sich, um ihn zu empfangen, und die Öllampen gingen aus, alles in absolute Dunkelheit getaucht.

Das schreckliche Geräusch des Sogs erreichte jedoch seine Ohren und das Luftboot taumelte gefährlich am Rand des Whirlpools, was James und Deut zwang, all ihre Kraft in ihre Hände zu legen.

In diesem Moment, als hätte er nur geblasen, um die Küstenwache zu versenken, hörte der Wind wie von Zauberhand auf zu stöhnen und die drei Männer fanden sich allein in der riesigen Dunkelheit des Atlantiks wieder.

Deut seufzte.

„Nun", sagte er. Wohin steuern wir?

Es gab keinen einzigen Stern, an dem man sich orientieren konnte.

Henry war der Meinung, dass es am besten sei, still zu bleiben, wo sie waren und darauf zu warten, dass das Morgenlicht ihnen den Weg zur Küste erlaubte, aber James schüttelte nachdrücklich den Kopf.

„Das wäre praktisch unmöglich", behauptete er. „Andererseits bin ich mir sicher, dass ich nicht in die falsche Richtung gehe. Paddelt selbst. Ich werde führen.

Deut und Lawson gehorchten ihm. Vor allem der erste hatte er schon mehr als einmal Proben von der bewundernswerten Fähigkeit des jungen Matrosen gehabt, sich im Dunkeln zu orientieren.

Angetrieben von den Rudern bewegte sich das Schlauchboot mit ärgerlicher Langsamkeit. James schien zu wissen, was er wollte, aber Henry Lawson fragte sich unbehaglich, ob er falsch lag.

"Wir haben unserem Sieg einen hohen Tribut gezollt", sagte Deut, der immer noch das Ruder bewegte.

"Ohne den Sturm wäre der arme 'Candell' gerettet worden", antwortete James.

Drei Stunden lang ruderten sie ohne Rast, wenn auch ohne große Anstrengung. James erleichterte sie für einige Augenblicke und ließ sie für andere ausruhen, wobei sie ein paar Zigaretten konsumierten. Am Ende einer von ihnen äußerte Henry Lawson seine Meinung:

„Mir kommt es vor, als kreisen wir wie ein Hund, der sich in dieser Dunkelheit in den Schwanz beißen will ... Wir hätten schon Land treffen sollen.

James machte sich nicht die Mühe, ihm zu widersprechen. Er hatte mit dem Rauchen aufgehört und war steif, den Kopf nach rechts geneigt.

„Hör zu, Seelöwe", antwortete er schließlich. Kennst du das Geräusch?

"Es ist der Kater..." sagte Deut. „Das Wasser krachte gegen die Felsen.

„Genau", erwiderte James und seine Stimme klang triumphierend. Was sagst du jetzt?

"Ich gebe zu, dass ich falsch lag", gab Henry zu.

„Wo denkst du sind wir?

"In der Nähe der San-Pedro-Inseln", sagte der Kanadier. "Oder die Fallstricke vor ihnen. Wenn ja, müssen wir vorsichtig sein.

„Nun. Ich denke, wir sollten weitermachen.

Wieder wurden die Ruder ergriffen und das Boot auf die Stelle getrieben, von der das Geräusch der gegen die Felsen krachenden Wellen kam, das nach und nach deutlicher und präziser wurde.

„Wir kommen näher", warnte James.

Er versuchte mit den Augen die Dunkelheit zu durchdringen, konnte aber nichts sehen als den phosphoreszierenden Schaum, der in feine glitzernde Tröpfchen zerbrach.

Er wünschte, der Mond könnte die Wolkenbarriere, die ihn verbarg, durchbrechen, aber sein Verlangen reichte nicht aus, um dies zu erreichen.

"Was wissen Sie über diese Fallstricke, Henry?" Er hat gefragt.

"Sie sind gefährlich", antwortete der Kanadier. Für mich würde ich ihnen entgehen. Eine Meile weiter nördlich, gleich dahinter, liegt die Insel San Pedro. Wir könnten dorthin fahren.

„Wir werden es tun. Der Lärm wird als Leitfaden dienen.

Sie wippten leicht nach Osten. Kurz darauf war das Geräusch zu seiner Linken zu hören, und das von der Flut verursachte phosphoreszierende Licht begann in der Ferne zu verblassen.

In diesem Moment ruderten James und Henry, Deut richtete seinen Blick irgendwo in die Ferne. Dann wandte er sich an sie und fragte:

"Du bist müde?

„Ein bisschen", antwortete Henry, „aber ich kann noch eine halbe Stunde durchhalten.

„Also, warum zum Teufel ruderst du nicht?

"Rudern wir nicht?" fragte James verwirrt. Was meinen Sie?

"Dass wir uns nicht von unserem Standort entfernen", rief Deut aus.

James bewies, dass er Recht hatte. Oder besser gesagt, sein Partner hatte Recht, denn sie kamen nicht nur keinen Zentimeter vorwärts, sondern schienen auch rückwärts zu gehen.

"Wie seltsam!" murmelte James.

„Seltsam? Nichts davon. Wir sind in einen Bach gefallen", antwortete Henry. Jetzt wird es uns wieder nach Süden ziehen und wir werden sehr glücklich sein, wenn wir die Fallstricke umgehen.

James und Deut schwiegen.

Heinrich hatte recht. Entweder schafften sie es, ihren Schub zu überwinden, oder sie befanden sich bald vor den zerklüfteten Rändern der Riffe von San Pedro.

"Kommt schon Jungs!" Ermutigt Deut. Paddeln Sie hart.

James und Lawson zogen ihre Regenmäntel aus, die sie unten im Boot zurückließen, und ruderten so hart sie konnten, aber es war nutzlos.

Es war, als wollte man ohne Waffen gegen einen tausendmal stärkeren Riesen kämpfen.

Deut erleichterte Henry, aber seine Bemühungen änderten die Situation nicht im Geringsten. Langsam aber unaufhaltsam trug sie die Strömung zu den Felsen.

James blieb stehen.

„Schick nicht mehr", sagte er zu Deut. „Es ist nutzlos und du wirst nur erschöpft sein. Lass es sein, was Gott will.

Die Augen der drei Schiffbrüchigen ruhten auf den Felsen, als wären sie von einem starken Magneten besessen, der sie zu Tode anzog.

Nach und nach wurde die Phosphoreszenz des Wassers, das in Myriaden von Tröpfchen zerteilt war, sichtbarer, und plötzlich wurden sie vorwärtsgetrieben.

Das Geräusch des Wassers, das auf die Felsen schlug, wurde lauter. Das Boot passierte schnell einen hohen Felsen und stürzte in eine Flutwelle bewegungsloser Gestalten, die tief über die Oberfläche stieg.

James versuchte ihn zu paddeln, was ihm lange gelang, während Henry hart schluckte und Deut immer mehr Flüche murmelte.

Bei jedem neuen Stoß schwebte das Boot in der Luft und bewegte sich vorwärts zwischen den Felsen. Sobald sich eine Welle zurückzog, wurde sie durch eine andere ersetzt, was sie in ihrer Mission, mit dem Leben der drei Männer zu spielen, erleichterte.

Plötzlich fiel sein Blick auf einen riesigen Felsen, der sich mit rasender Geschwindigkeit auf ihn zuzubewegen schien.

"Achtung!" rief James.

Er schob das Ruder nach vorn, um den Schlag abzufedern, aber es splitterte, und der Matrose wurde durch die Wucht des Aufpralls aus dem Boot geschleudert.

Gleichzeitig gruben sich Dutzende von steinigen Graten in das Boot, zerrissen die Gummi- und Seidenhülle, und das Boot entleerte sich in Sekundenschnelle durch ein paar große Lücken.

James schwamm energisch auf den Felsen zu und sehnte sich danach, ihn einzuholen, bevor eine weitere Woge des Meeres kam.

Die Kleider waren ein Hindernis, aber er hörte nicht auf, sie abzulegen und erreichte die Rückseite des Steins, wo es relativ ruhig war.

Der riesige Felsen war auf dieser Seite weniger steil. Aus Schwäche Kraft schöpfen. James kletterte darauf.

Als er oben ankam, keuchte er müde, hielt sich aber glücklich, sein Leben gerettet zu haben, und fragte sich, was aus seinen Gefährten geworden war.

Auf dem Felsen sitzend beobachtete er, wie das stürmische Wasser mit seiner Wut gegen den Sockel prallte, als wollten sie ihn zerstören.

"Deut!" Er hat angerufen. Deut … Heinrich!

Niemand antwortete auf seinen Anruf.

James biss die Zähne zusammen, als er der Nacht gegenüberstand, kalt, dunkel und still. Könnte es sein, dass er der einzige Überlebende der drei Insassen des Bootes war?

Welches Schicksal wäre den Besatzungen der „Candell" und der „Canadian" ergangen? Und die deutschen Gefangenen?

Alles, was geschah, kam ihm unwirklich vor. Es war unmöglich, dass ein solcher Albtraum wahr war. Er würde bestimmt bald aufwachen.

Die Kälte, die ihn bis in die Knochen durchdrang, ließ ihn grob erkennen, dass er nicht träumte, sondern leibhaftig war, allein und taub auf einem vom Meer geschlagenen Felsen.

Wieder rief er:

„Deut! Henry!

Er glaubte, aus kurzer Entfernung ein Stöhnen zu hören. James fragte sich, ob es wahr war oder war es nur eine weitere Facette des Wassers, das gegen die Felsen prasselte, und wiederholte den Ruf.

Das Stöhnen erreichte wieder seine Ohren, klarer und deutlicher als zuvor.

Wer würde es sein? Deut oder der Kanadier? Wer auch immer es war, es schien sofortige Hilfe zu benötigen. Vielleicht war er verletzt worden, als sein Körper gegen einen Felsen geschleudert worden war, den er verzweifelt festhalten konnte.

Und er musste untätig da sein, auf dieses Stöhnen hören, das wie viele andere Hilferufe war, ohne dem Unglücklichen zu Hilfe kommen zu können, der sie ausstieß.

Der Gedanke an James überkreuzte die Idee, die verrückte Idee, ins Wasser zu springen und zu dem Verwundeten zu schwimmen, aber er tat es sofort als unpraktisch ab.

Das Stöhnen erweckte ihn jedoch wieder zum Leben und James rutschte, von Angst getrieben, vom Felsen.

Als er mit dem kalten Wasser des Meeres in Berührung kam, zog er seine Stiefel aus, ließ sie in einem Riss im Riff zurück, trat entschlossen ins Wasser und schwamm energisch nach rechts.

Eine Welle warf ihn aus dem Weg, aber er schaffte es, sich an einem Felsen festzuhalten, der kaum aus dem Meerwasser ragte.

Das Stöhnen war nicht mehr zu hören. James machte mit seiner linken Hand ein Horn und rief seinen Gefährten zu, als Antwort erhielt er eine kleine Stimme, die wenig später erklang.

Er nutzte den Rückzug einer Welle und schwamm wieder zu einer zweiten Stufe, wo er erneut rief.

Das Stöhnen hallte wieder in seinen Ohren wider, klarer als zuvor.

James fixierte seinen Blick stur auf eine Gruppe kleiner Felsen, die kaum dreißig Meter entfernt vor ihm lagen, und kauerte in seinem Unterstand, beobachtete die Ebbe des Meeres, bevor er schnell darauf zuschwamm.

Als er einen der Steine berührte, glaubte er zu sehen, wie sich unter den anderen etwas bewegte.

Mit größeren Vorsichtsmaßnahmen, um Schnitte mit den Kanten der Felsen zu vermeiden, die ihn von allen Seiten umgaben, ging er auf diesen Punkt zu.

"Bist du es, Deut?" Er hat gefragt.

„Nein", antwortete eine schwache Stimme. „Ich bin ... Heinrich.

Der Kanadier lag mit dem Gesicht nach unten auf einem kleinen Plateau, kaum größer als sein Körper, bestehend aus Dutzenden kleiner Felsen, gegen die die Wellen schäumten.

Jeder, der kam, durchnässte ihren liegenden Körper mehr und mehr, aber sie hatte nicht die Kraft, sich von dort loszureißen.

James kletterte auf das Plateau und setzte sich neben den Matrosen.

"Bist du verletzt?" Er hat gefragt.

„Ja", antwortete Henry. Im Kopf muss ich ... viel Blut verloren haben.

„Ich kann es jetzt nicht sehen. Blutet es noch?

"Ich denke nicht.

James versuchte es ihm bequemer zu machen, indem er seinen Kopf zwischen seine Beine lehnte, um dich mit seinem Rücken vor dem Wasser zu schützen.

Das war alles, was sie für ihn tun konnte, und er wünschte, die Morgendämmerung würde bald kommen.

Er wurde materiell in einen Eisberg verwandelt. Seine Zähne stießen aneinander, getrieben vom Zittern der Kälte, und er verspürte ein quälendes Gefühl, dass er die Qualen des unaufhörlich gegen seinen Rücken krachenden Wassers nicht ertragen konnte.

Neben ihr atmete Henry müde aus, hatte aber immer noch die Kraft, ihn zu fragen.

„Und Deut?

„Ich weiß nicht, was mit ihm passiert ist", antwortete James. Es ist wahrscheinlich gestorben, weggespült.

„Ich... es tut mir leid.

„Sprich nicht, Henry. Du bist sehr schwach.

Der Kanadier nahm eine seiner Hände und drückte sie so leicht, dass James erschrocken war.

Und so vergingen zwei weitere Stunden, langsam, still und kalt.

James versuchte, seinen Kampfpartner aufzuheitern, aber auch ohne ihn zu sehen, konnte er spüren, wie Henry Lawson von Minute zu Minute schwächer wurde und fragte sich, ob er diese Tortur ertragen konnte.

Schließlich hing ein leichter grauer Schimmer über dem Ozean, als das Wasser aufhörte, gegen die Felsen zu schlagen. James seufzte ängstlich und starrte auf die Lichtquelle, die mit ärgerlicher Langsamkeit weiß wurde.

Henry öffnete die Augen und versuchte zu lächeln, aber sein blasses und beeindruckend scharfes Gesicht zog nur eine Grimasse, die James seinen wahren Zustand andeutete.

Sobald er sehen konnte, was nicht viel war, konnte er wegen des Nebels, der wie ein Vorhang aus dem kalten, brackigen Wasser aufstieg, nicht die geringste Spur von Deut ausmachen.

Nur die Felsen, schwärzlich, beeindruckend und traurig, standen zwischen ihnen und dem offenen Meer.

"Wie fühlst du dich, Henry?" Er hat gefragt.

"Nun ... jetzt", antwortete der Kanadier. Es tut nicht weh ... nichts.

James antwortete nicht. Zu gut wusste er, dass diese Ruhe eine einfache Pause zwischen Schmerz und Tod war.

Er hatte viele Menschen sterben sehen, deren Leiden ein oder zwei Stunden vor dem Erlöschen ihres Lebens aufhörten, als ob der Tod, der seiner Beute bereits gewiß war, ihnen die letzte Gnade gewährte, sie ohne Schmerzen fortzubringen.

Henry Lawson erlitt eine schwere Kopfverletzung, an der er lange Zeit Blut verloren haben muss.

Er war wahrscheinlich taub geworden, nachdem es ihm gelungen war, sich zwischen diese Handvoll Steine zu hieven, und das Meerwasser, das gegen die Wunde schlug, hatte verhindert, dass das Blut gerinnt.

Die Wahrheit war, dass ohne Hilfe nur ein tödlicher Ausgang zu erwarten war.

Der Nebel, der sie umhüllte, begann sich aufzulösen und machte einer größeren Klarheit Platz, aber das Meer war selbst auf weite Entfernung unsichtbar. Eine Stunde später zuckte Henry zusammen.

"Ist dir kalt?" Fragte James.

Der Kanadier antwortete nicht. Vielleicht hatte sie ihn nicht gehört. Es war sowieso dasselbe, denn selbst wenn er wusste, dass er vor Kälte fröstelte, konnte er ihn nicht mehr einwickeln, als er es ohnehin schon getan hatte.

Abgesehen von seinem Hemd und seiner Hose passten James' andere Kleidungsstücke um seinen Körper, obwohl es schwer zu sagen war, ob sie Wärme spendeten oder das Wenige stahlen, das er behalten konnte, weil sie so nass waren.

Und das Wasser schlug ihm immer wieder in den Rücken, der trotz der Weichheit der Auspeitschung anfing zu schmerzen.

Verzweifelt blickte er in alle Richtungen, sah nichts als das Meer und den Nebel, und er fragte sich, wie lange er wohl in einer solchen Situation sein würde, den Kopf seines Gefährten zwischen den Knien haltend.

"Hun...ter" rief Henrys schwache Stimme.

James senkte seinen Kopf zu ihrem. Das Gesicht des Matrosen war unglaublich scharf geworden und eine durchscheinende Blässe bedeckte seine Wangen, als wäre das Blut aus diesem Körper geflossen.

"Was willst du?" Er hat gefragt.

"In meinem ... Krieger findest du einige Papiere ... und darunter die Adresse meiner Schwester ... Ihr Name ist Nell. Schreiben Sie ihr oder gehen Sie zu ihr ... und sagen Sie ihr, dass ich gestorben bin ... denkt an ... sie.

„Komm schon, Junge, wer redet vom Sterben? James antwortete ohne Überzeugung. Wir befinden uns auf einer sehr beliebten Route und es dauert nicht lange, bis uns ein Boot abholt.

„Aber ... nicht ich ... ich weiß, das ist vorbei ... ich habe aufgehört ... zu segeln ...

Wieder versuchte James ihn aufzumuntern, aber Henry fiel nach dieser Anstrengung wieder in die völlige Bewusstlosigkeit zurück.

James legte seinen Kopf sanft auf einen Stein und stand auf. Die Sonne, traurig und weißlich, erhellte bereits das Wasser, und der Yankee suchte das Meer in alle Richtungen ab.

Nach Süden sah die Masse eines Segelschiffs auf die Straße von San Lorenzo zu, aber es war zu weit entfernt, als dass seine Besatzung die Signale wahrnehmen konnte, die es ihnen gab, und es unterließ es.

„Ein Schiff, Henry", sagte er und sah seinen Partner an. Es kommt hierher.

Henry antwortete nicht. Beunruhigt beugte sich James über ihn. Sein Herz schlug nicht mehr, und seine Augen, noch immer offen und voller Meeressehnsucht, richteten sich auf die Unendlichkeit, als hätte Henry die letzte Vision seiner Heimat in sich behalten wollen.

James brach fast in Tränen aus. Noch ein paar Minuten und Henry wäre vielleicht gerettet worden. Er seufzte tief und sprach ein kurzes Gebet zum Abschied von dem Seemann, den er so wenig gekannt hatte und den er dennoch so sehr liebte.

Dann erinnerte er sich an seinen Auftrag. Wie hatte er gesagt, der Name seiner Schwester sei? Nell; das war. Nell Lawson. Gut. Es wäre Zeit, Ihre Papiere abzuholen.

Dann erinnerte er sich an das Schiff und stand wieder auf. Dabei bemerkte er seine eigene Schwäche.

Er war durchgefroren und zitterte von Kopf bis Fuß. Die Sonne war noch nicht heiß genug, um diese verdammte Kälte abzuschütteln, die ihn aus seinem Körper zittern ließ, und James spürte ein Gefühl von Angst in seiner Brust und schreckliche Schmerzen in seiner linken Seite.

Aber das Schiff näherte sich ihm. Er suchte wahrscheinlich das Meer nach ihnen ab, wenn Cawston und die anderen gerettet worden waren und die Behörden in Bewegung gesetzt hatten.

Bald darauf konnte James einige Details seiner Struktur wahrnehmen. Es war ein Zerstörer und segelte langsam, wahrscheinlich um die Umgebung zu erkunden.

Er beschloss, in Richtung des Felsens zu schwimmen, wo er nachts Zuflucht suchte, und nutzte die Ruhe des Meeres, und oben angekommen, winkte er hektisch mit den Armen.

Der Zerstörer segelte noch einige Minuten parallel zu ihm.

James schluckte gequält und fragte sich, ob er vorbeikommen würde, konnte aber nicht anders, als vor Freude zu stöhnen, als er kurz darauf sah, dass es den Kurs änderte und seinen Bug auf die Felsen zusteuerte.

Fünf Minuten später kam eine Barkasse aus dem Schiff, und ihre Insassen ruderten zügig darauf zu und umgingen geschickt die Riffe.

James wurde von einem jungen Marineoffizier hineingeholfen, der ihm sofort eine Decke um die Schultern warf und ihm einen Schluck Schnaps anbot.

Dann machten sie sich wieder auf den Weg zum Zerstörer, aber James sagte:

„Auf diesen Felsen ist ein Partner von Ihnen. Ist tot.

Bald darauf wurde auch die Leiche von Henry Lawson gerettet. Der Offizier stand respektvoll vor ihm und James bemerkte, dass seine Lippen unmerklich zitterten.

"Kanntest du ihn?" Er hat gefragt.

„Ja“, antwortete er heiser. "Wir waren zusammen an der Marineakademie. Er war ein toller Junge.

Eine angenehme Nachlässigkeit erfasste die Muskeln und Nerven des Amerikaners.

An Bord des Zerstörers wurde er in die Krankenstation gebracht und das Schiff fuhr nach Halifax. Der Sanitäter des Schiffes erkannte James im Detail und sein Gesicht war grimmig, als er sich an den Kapitän wandte.

„Er hat eine Lungenentzündung“, sagte er, „damit musst du gut aufpassen.

"Ich lasse es in Ihren Händen, Doktor", antwortete der Kapitän.

James' schwacher Ruf brachte sie zum Bett des Offiziers.

„Captain“, sagte er, Lawson hat mich vor seinem Tod beauftragt, mich mit seiner Schwester in Kontakt zu bringen. Die Schilder gehören zu seinen Papieren. Gibst du sie mir?

„Mehr war nicht da.

Er ging in seine Kabine, wo er die Unterlagen des Toten hatte, und kehrte kurz darauf mit einem Zettel in der Hand zurück.

„Hier sind sie“, sagte er. Fräulein Nellie Lawson, 234 Kingston Street. In Montreal. Wo bewahren Sie Ihr Portemonnaie auf?

James sagte es ihm und der Kapitän legte den Zettel darauf.

Fünf oder sechs Tage lang kämpfte Hunter mit der Krankheit, und seine robuste Konstitution, unterstützt von der Wissenschaft, überwand die Krise, bis er tauglich war, nach Augusta verlegt zu werden.

Dort angekommen erhielt er Besuch von seiner Familie und Freunden, deren Anwesenheit den jungen Mann so belebte, dass er vier Tage später den behandelnden Arzt bat, ihn zu entlassen.

"Ist er so schlecht zwischen uns?" antwortete der Arzt mit einem Lächeln. Tut mir leid, Hunter, aber das kann nicht sein. Es muss noch warten.

Am selben Tag schrieb er einen langen Brief an Nellie Lawson, in dem er ausführlich über den Tod seines Bruders in seinen Armen berichtete, und die Antwort kam sofort, wenn auch nicht so, wie James es erwartet hatte.

Es war drei Tage, nachdem der Brief geschrieben war, und James sagte sich, dass Nell vielleicht nicht auf seinen Brief antworten würde.

Er hatte wenig Hoffnung, dass er es tun würde, und er dachte nicht wirklich darüber nach. Er hatte sein Versprechen gehalten und das Mädchen war sehr bereit, ihr zu antworten, wie sie es für richtig hielt.

Die Gruppe von Freunden, die ihn besucht hatte, war gerade gegangen.

James saß in einem Sessel am breiten Fenster mit Blick auf den Krankenhausgarten, als sich die Tür wieder öffnete und Fleischs sommersprossiges Gesicht wieder vor ihm auftauchte und ihm zuzwinkerte.

„Da fragt eine Dame nach dir, James", sagte er. Junge, was für eine Dame, um Genesung zu verbringen!", fügte er lächelnd hinzu.

James runzelte verwirrt die Stirn. Fleisch kannte seine Schwester gut, also durfte er sich nicht auf sie beziehen.

Wer könnte es sein? Er fragte sich.

Bald würde ich es herausfinden. Fleisch verschwand aus den Augen, um von der Krankenschwester ersetzt zu werden; eine hübsche Blondine, die James' Werbung nicht übel nahm.

„Eine Dame möchte Sie sehen, Captain", sagte er. Willst du, dass es passiert?

"Wer ist es?

"Sie heißt Nellie Lawson,

James legte das Buch beiseite, das er noch immer in den Händen hielt, überrascht.

„Natürlich will ich es sehen", antwortete er. Mach es möglich.

Die Schwester ging zur Tür und öffnete sie, gestikulierte einladend auf jemanden, der draußen wartete, und Nell Lawson erschien im Türrahmen.

Fleisch hatte recht, und er hatte es mit seiner eigentümlichen Leichtfertigkeit ausgesprochen.

Nellie Lawson war eine Frau, die einen Heiligen in Versuchung führen konnte. Groß, hügelig, mit jeder Kurve und gut proportioniert.

Sie kleidete sich einfach, aber das schwarze Kleid passte perfekt zu ihr und fügte ihrer verwirrenden Persönlichkeit und hübschen Figur einen neuen Charme hinzu.

Offensichtlich hatte das Mädchen "Glamour" und wäre nirgendwo unbemerkt geblieben, nicht nur von ihrer Figur, sondern auch von diesem traurigen Lächeln, das ihre Lippen ausbreitete.

Sie war eine Brünette. Ihr Haar war klug gekämmt und im Gegensatz dazu hob sich ihre feine weiße Haut wie ein Fleck von der schwarzen Farbe ab, die ihre Figur dominierte.

Obwohl er Brüder war, sah er Henry überhaupt nicht ähnlich. Dies war der Eindruck, den James aufnahm, als die junge Frau ihm entgegenkam.

James stand auf. Nell blieb zwei Schritte vor ihm stehen und ihre Lippen zitterten leicht. Dann trat er wieder vor und streckte die Hand aus.

„Setzen Sie sich", sagte er und zeigte auf den anderen Stuhl.

Das Mädchen hat es zuvor getan, indem es die Beine, die sie unter ihrem Rock versteckte, zurückhaltend aufhob und, ohne zu wissen warum, war James von dieser Bewegung genervt.

Die junge Frau hatte etwas seltsam Kühnes, obwohl sie versuchte, es zu verbergen.

Die Schwester kam heraus und ließ sie allein. Für einige Sekunden herrschte Stille im Raum, bis Nell schließlich sagte:

„Ich kam, sobald ich Ihren Brief erhielt. Henry und ich waren allein auf der Welt ...

Sie nahm ein Taschentuch aus ihrer Tasche und wischte sich die Augen.

„Sie können sich vorstellen, wie es für mich war.

Seine Stimme war samtweich. Trotz der Gelegenheit versuchte James sich vorzustellen, wie es wäre, die Ohren eines Mannes zu streicheln.

„Ich verstehe", antwortete er. Tut mir leid, dass das Schreiben so lange gedauert hat. Ich war auch ziemlich ernst.

„Oh mein Gott! Du musst dich nicht entschuldigen. Wie du mir gesagt hast, ist Henry, mein armer Bruder, in deinen Armen gestorben. Erzähl mir, wie es war.

James tat es und versuchte, seinen Worten nicht zu viel Emotion zu verleihen.

Nell hörte ihm mit anhaltender Aufmerksamkeit zu. Von Zeit zu Zeit seufzte sie oder hob ihr Taschentuch vor die Augen, aber James schien ihr Kummer nicht so groß zu sein, wie sie vorgab zu glauben.

Es schien eher, als würde er eine Komödie spielen.

So oder so war er am Ende seiner Geschichte angelangt, und entgegen seiner Erwartung machte Nell Lawson kein großes Aufhebens, als sie hörte, wie die letzte Minute ihres Bruders verlaufen war.

Starr und aufrecht stand sie auf der Stuhlkante, den Blick durch die Fensterscheiben auf den Himmel gerichtet.

Als er sie James zuwandte, drückten sie Schmerzen aus, beugten sich impulsiv vor und drückten nervös eine der Hände des jungen Mannes.

"Vielen Dank!" Sagte sie, von Emotionen verschleiert. „Danke! Es muss furchtbar für ihn gewesen sein, armer Henry, aber du...

„Es ist nicht wichtig. Vergiss es.

Wie kann ich ihn vergessen, als er mein Bruder war?

James dachte, er brauchte nicht so viel Gefühl in seine Worte zu legen.

Er hatte nichts für Henry Lawson getan, konnte nichts tun, außer in seinen letzten Augenblicken an seiner Seite zu sein.

Er hatte Angst, Nell zu fragen, warum sie einen Schmerz verbarg, den sie kaum spürte, aber er hielt sich davon zurück und wollte, dass sie von dort wegkam, um diese Komödie zu beenden.

Henry hatte mit einem gewissen beschützenden Tonfall von ihr gesprochen, als wäre seine Schwester jünger als er, und der Gedanke, sie der Welt gegenüber zu lassen, machte ihm Angst.

Aber diese Frau schien durchaus in der Lage zu sein, sich selbst zu ernähren und genug Energie zu haben, um anderen etwas zu verleihen.

Schließlich stand Nell auf, und James warf noch einmal einen Blick auf ihre große Statur, ihre herrschsüchtige Haltung und wie wenig sie wie Henry aussah.

Er stand auf und schüttelte die lange, schlanke Hand, die sie ihm entgegenstreckte.

"Nellie... Nell...", sagte er sich. Selbst ein so milder Name passte nicht zu dieser Frau.

Der Name, besonders der winzige, ließ einen an ein hübsches und weibliches Mädchen denken, mit blonden Haaren wie Gold und hellen und unschuldigen Augen.

"Wann werden Sie entlassen?" Sie fragte.

„Ich weiß es nicht. In drei oder vier Tagen vielleicht", antwortete James vage.

„Dann sehen wir uns vielleicht wieder", antwortete Nell. Ich fahre nach Boston und komme hierher zurück, bevor ich nach Montreal zurückkehre.

„Es wird mir ein Vergnügen sein", sagte er ohne Überzeugung.

Er hatte kein Interesse, sie wiederzusehen. Hätte man ihm gesagt, dass sich eine solche Frau so für ihn interessieren würde, dass sie so tun würde, als würden sie sich wiedersehen, wäre er geschmeichelt und ohne zu zögern akzeptiert worden.

Aber sie war Henrys Schwester, und es schien eine Entweihung, noch einmal Zeuge der Komödie ihres vorgetäuschten Schmerzes zu werden.

Eine Dame wie die vor ihm, deren Hand er noch immer zitterte, war ideal, um in Nachtclubs zu gehen, mit ihr an einem einsamen Strand zu baden, Ausflüge zu machen oder eine Schaluppe zu bemannen.

In den nächsten drei Tagen konnte James Hunter Nellie Lawson und ihre seltsame Einstellung nicht aus dem Kopf bekommen.

Mehrmals versuchte er, nicht an sie zu denken, und sagte sich, dass das Mädchen sich vielleicht verpflichtet gefühlt hatte, ihn zu besuchen, obwohl ihre Beziehung zu ihrem Bruder nicht so war, wie sie sein sollte.

Fleisch ging zu ihm und James erkannte an seinen Fragen, dass der Rotschopf sehr an Nell interessiert war.

Schließlich wurde er freigelassen, und ein Auto fuhr durch die große Tür, die Zugang zum Garten bot, ein und hielt vor ihm.

„Mr. Hunter", rief eine Stimme, die er nicht hatte vergessen können.

James wusste nicht, ob er glücklich sein sollte oder nicht, als er Nell Lawsons Gesicht aus dem Fenster lehnte. Das Auto war klein und nicht sehr neu.

Die junge Frau fuhr ihn, und außer einem Hund, der auf dem Rücksitz döste, befand sich niemand darin.

Der Matrose kam leicht winkend auf sie zu, und Nell lächelte:
"War er weg?" Er hat gefragt.

„Ja. Ich wurde bereits entlassen.

„Es war ein Glück, pünktlich zu sein", versicherte sie.

Sie trug dasselbe schwarze Kleid, das sie beim ersten Mal gesehen hatte, aber jetzt trug sie einen hübschen schwarzen Hut, dem eine weiße Feder einen Teil ihrer Traurigkeit nahm.

„Komm herauf" lud er ihn ein". Ich bringe dich wohin du willst.

James wollte gerade eine Entschuldigung murmeln, aber bevor sein Gehirn es diktierte, bewegte ihn sein Herz zur offenen Tür und ließ sich neben Nell nieder.

Als der Wagen anfuhr, tadelte er sich selbst, dass er es getan hatte, und gehorchte der starken Anziehungskraft, die die Frau auf ihn ausübte.

"Wo soll ich dich absetzen?" Fragte Nell.

Sie war Rechtshänderin und James konnte seinen Blick nicht von ihren feinen, manikürten Händen lassen, die das Lenkrad geschickt bedienten.

"Nun..." er zögerte. Ich würde in jedes Hotel gehen. Morgen werde ich nach Boston aufbrechen. Warst du übrigens dabei?

„Ja. Ich bin heute Morgen zurückgekommen, aber ich muss zurück. Wir können die Reise gemeinsam machen!

James antwortete bejahend. Er war äußerst neugierig auf Nellie und sagte sich, dass er vielleicht wissen würde, was er auf der Reise von ihr zu erwarten hatte.

Nell drehte sich leicht um, um ihn anzulächeln.

„Nun. Du hast mir immer noch nicht gesagt, in welches Hotel du gehen willst.

„Ich habe sowohl das eine als auch das andere", antwortete James.

„Ich bleibe im Agnes", deutete sie an.

"Es gibt keinen Grund, warum ich nicht auch zu ihm gehen sollte ... vorausgesetzt, sie haben ein Zimmer"

"Ich denke, damit wird es kein Problem geben", sagte Nell.

Und so war James ihr näher, als er erwartet hatte. Aber wollte er wirklich von ihr getrennt werden?

Diese Frage wurde in ihrem Zimmer gestellt und kam zu dem Schluss, dass Nellie Lawson die schönste Frau war, die er je gekannt hatte, obwohl ihre Kälte und Selbstbeherrschung ihr etwas von ihrer Anziehungskraft nahmen.

Er wollte spazieren gehen, die frische Meeresluft atmen und mit den Füßen über den Sand am Strand treten, aber der Spaziergang wäre angenehmer, wenn ihn jemand begleitete, und fast ohne es zu merken, nahm er ab den Telefonhörer und er bat um Kommunikation mit Nells Zimmer.

Sie selbst war es, die in das Gerät eingestiegen ist. James fragte ihn:

„Willst du heute Abend mit mir ausgehen?

„Ich würde mich freuen, James", antwortete sie, „aber ... unter diesen Umständen ... vergiss nicht ...

„Mach dir deswegen keine Sorgen. Wir würden am Strand spazieren gehen.

„In diesem Fall akzeptiert.

James legte zufrieden den Hörer auf, nachdem er sich auf die Zeit verabredet hatte, zu der sie sich in der Hotellobby treffen würden.

Um neun Uhr war der Matrose im Flur und wartete darauf, dass die junge Frau herunterkam.

Dabei lenkte er die Blicke des gesamten männlichen Elements auf seine Gestalt.

Sie stiegen beide in ein Taxi und James befahl dem Fahrer, sie zum Hafen zu bringen.

Dieser war von großen Scheinwerfern gut beleuchtet und es entfaltete sich eine intensive Aktivität darin.

An den Docks lagen mehrere Kaufleute fest, die von fleißigen Arbeitern mit Hilfe von kräftigen Kränen beladen wurden, und es war nicht schwer zu erraten, was sie zu ihnen transportierten.

James sagte sich, dass bald ein weiterer Konvoi über die Meere segeln würde, in Richtung Osten, und seufzte und fragte sich, wann er wieder einschiffen könnte.

Mit Gewehren bewaffnete Soldaten umzingelten das Dock und ließen den Durchgang zu den Sektoren, in denen das Kriegsmaterial verladen wurde, nicht zu.

James bot Nell seinen Arm an und sie gingen beide zum Strand. Die Nacht war wunderschön und der silberne Mond küsste die Wellen, die sanft auf dem Sand dahinschmolzen.

Lange betrachteten sie das Spektakel fasziniert.

"Vermisst du das Meer?" Er hat gefragt.

„Nicht an ihrer Seite", antwortete James. Sollen wir uns setzen?

Sie haben es im Sand gemacht. Einige Minuten lang führten sie ein triviales Gespräch, bis Nell ihn schließlich wieder fragte:

„Weißt du, wann es wieder losgeht?

"Nun... nein", antwortete James. Sie dürfen mir jetzt eine kurze Lizenz erteilen und ...

„Wo wird er es ausgeben?

„Natürlich bei mir zu Hause. Bei meinen Eltern.

Möchten Sie Kanada besuchen?

James drehte sich zu ihr um.

"In ihrer Firma?" fragte er mit Absicht.

Nell brauchte eine Weile, um zu antworten.

"Warum nicht?" Er sagte. Es wäre eine großartige Anleitung.

„Ich zweifle nicht daran. Vielleicht entscheide ich mich zu gehen.

Eine weitere Pause, in der jeder seine Gedanken in völlig entgegengesetzte Richtungen fliegen ließ.

"War er immer bei der Küstenwache?" fragte Nell endlich.

„Nein, nein", beeilte sich James zu antworten. Ich bin das, was wir einen wahren Kämpfer nennen könnten. Dies ist die erste bequeme Position, die ich je hatte ... und es war nicht so bequem.

Er fuhr fort, ihr einige Ereignisse zu erzählen, an denen er teilgenommen hatte, ermutigt durch die große Aufmerksamkeit, die sie seinen Worten schenkte.

Als er ihr von der letzten erzählte, dieser denkwürdigen Leistung, bei der der arme "Candell" sechs U-Boote bekämpft hatte, bemerkte Nell:

„Es muss großartig gewesen sein. Willst du zurück ... dazu?

„Es ist vorzuziehen, ohne Ruhe zu patullar. Neue Länder, Emotionen und Frauen sind bekannt.

Nell kicherte.

„Hier hast du eine neue Frau kennengelernt", antwortete er. Was denkst Du über sie?

James konnte seine Meinung nicht in Worte fassen, denn er war noch immer nicht richtig, Nell zu katalogisieren.

Er entschied sich jedoch für den einfachen Weg:

„Was schön ist", antwortete er.

Er hätte hinzufügen können, dass sie auch überwältigend und gefährlich war, aber das tat er nicht, und Nell dankte ihm mit einem Schmollmund.

Eine weitere Stunde saßen sie am Strand. Die Wellen kamen näher und James entschied, dass es an der Zeit war, in die Stadt zurückzukehren.

Sie taten es.

Erst als er sich in der Einsamkeit seines Zimmers wiederfand, hatten er und Nell die ganze Nacht kein einziges Mal Henrys Namen ausgesprochen, und er sagte sich, dass er in Beziehungen noch nie eine solche Kälte erlebt hatte. zwischen zwei Brüdern.

Die Reise nach Boston schuf eine größere Intimität zwischen ihnen. James hatte aufgehört, Widerstand zu leisten, sich den Ereignissen hinzugeben, und akzeptierte bereitwillig die Details des Vertrauens und der Kameradschaft von Nell Lawson.

Das erste Stück fuhr sie mit dem Auto, aber dann war es der Matrose, der das Steuer ihres Autos übernahm. Kurz darauf holte sie Zigaretten heraus und bot ihm an

"Willst du rauchen?

Auf seine zustimmende Geste führte er die Zigarette an die Lippen, und nachdem er sie angezündet und das Feuer mit einem langen Zug geschürt hatte, steckte er sie seinem Begleiter in den Mund.

Die leichte Berührung ihrer Hand schüttelte James, aber sie schien es nicht zu bemerken.

Die Zigarette war leicht karminrot, aromatisch und leicht klebrig.

Nell zündete sich eine neue an und lehnte sich in ihrem Sitz zurück. Eines seiner Beine streifte James' und er trennte sich nicht von ihr.

„Ich bin glücklich", sagte er. Lieber. Es wäre, wenn Henry nicht gestorben wäre.

James schien es trotzdem zu sein, aber er drückte seinen Gedanken nicht aus und antwortete:

„Dann wären wir uns nicht begegnet.

„Es ist wahr. Was wirst du in Boston machen?

„Stellen Sie mich meinen Chefs vor.

"Und später?

„Meine nahe Zukunft hängt von ihnen ab. Wirst du viele Tage dort sein?

"Fünf oder sechs. Ich weiß nicht...

James unterließ es, sie zu fragen, welche Gründe ihn in die Stadt geführt hatten, aber sie fühlte sich gezwungen, es ihm zu sagen.

„Für mein Geschäft in Montreal muss ich mehrere Kleidermodelle auswählen. Trotz des Krieges sorgen sich Frauen weiterhin um ihre Kleidung.

Es war die erste Nachricht, die er über seine Aktivitäten erhielt.

Sie wohnten beide im selben Hotel, nicht ohne drei oder vier reisen zu müssen, bevor sie ein zweitklassiges Hotel fanden, wo sie versprachen, für diese Nacht Zimmer zur Verfügung zu stellen, und James ging zum Marinekommando.

Aus dem Augusta-Krankenhaus hatte er seinen Chefs einen ausführlichen Bericht über das Ereignis gegeben, bei dem Henry Lawson ums Leben kam, und jetzt war er nur noch sehr neugierig, etwas über sein neues Schicksal zu erfahren.

Er war sich sicher, dass er wieder geschickt werden würde, um ein Kriegsschiff zu befehligen.

Deshalb blickte er verdutzt auf den Leiter des Sektors, als er ankündigte, dass er in seinen Dienst als Verbindungsoffizier zwischen Heer und Marine eingesetzt werde.

"Aber ... Sir ... ich möchte, wenn es nicht zu viel verlangt, zum Meer zurückkehren. Ich ...

„Vielleicht dauert es nicht mehr lange, Hunter", war die Antwort, „aber jetzt brauchen wir dich hier.

"Der Vizeadmiral kam hinter dem Tisch hervor und legte ihm eine Hand auf die Schulter." Denken Sie nicht, dass Ihnen langweilig wird ", fügte er hinzu. Sie werden mehr Arbeit haben, als Sie wollen. Ich versichere dir.

James machte ein enttäuschtes Gesicht, war aber bald davon überzeugt, dass sein Vorgesetzter Recht hatte.

Der Krieg tobte Tag für Tag. Die Vereinigten Staaten, die zum Arsenal ihrer Verbündeten wurden, hörten nicht auf, Waffen in schwindelerregender Geschwindigkeit zu produzieren, und die Häfen erlebten eine beispiellose Aktivität.

Der Seemann hatte kaum Zeit, sich Ruhe oder Erholung zu gönnen.

Der Warentransport, die Probleme der Küstenwache, die Beziehungen zu den Streitkräften enthielten tausend komplexe Details und Probleme, die kombiniert oder gelöst werden mussten, damit die Maschine reibungslos und effizient funktionierte.

In den ersten Tagen konnte er Nell kaum sehen, obwohl er ein paar Mal mit ihr telefonierte.

Als es ihnen endlich gelang, ein langes Interview zu führen und er ihr seine neue Position erzählte, rief die junge Frau aus:

„Großartig!

James dachte, sie dachte, sie könnten so zusammen sein, aber Nell dachte kaum darüber nach.

Der junge Seemann widmete sich mit Leib und Seele ihrer Aufgabe.

Die Erinnerung an Henry zählte kaum noch und wenn sie ihn zu verfolgen schien, entschuldigte sich James, dass es nicht seine Schuld war, dass Nell zu modern und unabhängig war.

Eines Tages, an dem die Arbeit besonders hart und intensiv gewesen war, ließ sich James in seinem Hotelzimmer in einen Sessel fallen.

Nell war abwesend, aber sie ließ nicht lange auf sich warten und strahlte vor Schönheit und Charme.

James sah sie an und fragte sich, wann es Zeit sein würde, sich zu trennen. Bis dahin hatte Nell nichts davon erwähnt, aber der Matrose wusste, dass es kommen musste.

Die junge Frau legte die Pakete, die sie bei sich trug, auf das Bett und ging auf ihn zu, küsste ihn.

"Müde?" Er hat gefragt.

„Eine Menge", antwortete James. Ich bin ein Wrack. Und mehr als das, was ich habe, ist ein echter Wunsch, auszugehen, ein bisschen Spaß zu haben.

„Wenn du nicht so müde wärst...

"Was?

„Wir könnten heute Abend irgendwo hingehen, Liebes. Zum Beispiel, um eine Weile zu tanzen.

James setzte sich im Stuhl auf.

„Du weißt nicht, wie sehr ich ihn mögen würde", antwortete er, „aber es scheint mir nicht richtig zu sein, da Henry so neu ist.

Nell hielt inne, als sie ihren Hut ablegte, hielt ihn in der Hand und konfrontierte James.

„Henry war mein Bruder", sagte er, „aber jetzt kann ich gestehen, dass ich seinen Tod gefühlt habe wie den eines Verwandten, mit dem man kaum Kontakt hat.

»Sie meinen, Sie und Henry haben nicht gehandelt?

„Seit Kriegsbeginn habe ich ihn ein paar Mal kaum gesehen. Und wenn man bedenkt, dass unsere Charaktere seit ihrer Kindheit völlig unterschiedlich waren, werden Sie verstehen, dass ihre Abwesenheit die Beziehungen so kühlte. Bitte, Jim, zwing mich nicht, dir den Grund für unsere Uneinigkeit zu sagen. Seien Sie zufrieden mit dem, was ich Ihnen gesagt habe.

Das erklärte vielleicht ihre Emotionslosigkeit, als sie die Einzelheiten über Henrys Tod erfuhr, und dass sie ihm gegenüber etwas vorgeben wollte, aber James sagte sich wieder, dass es sie nicht zwang, ihm diesen Besuch als Antwort auf seinen Brief abzustatten.

„Gut, Nell", antwortete er. Wohin werden wir gehen?

Ihre Augen strahlten.

„Du bist ein Zauberer", küsste er ihn noch einmal. „Wähle die Seite selbst aus.

„Ist Parodien okay für dich?

„An deiner Seite werde ich mich sogar in der Hölle freuen.

Während sie zu den Klängen des Orchesters tanzten, teilte James ihm mit, dass er am nächsten Tag in Begleitung des Leiters des Sektors nach Halifax aufbrechen würde.

"Was gehst du da hin?" fragte sie, ohne Interesse zu zeigen.

„Ein riesiger Konvoi wird den Atlantik überqueren, um Russland Hilfe zu bringen", antwortete James, „und zum ersten Mal wird er gemeinsam von US-amerikanischen und kanadischen Kriegsschiffen geschützt.

„Wie wichtig ist das?

„Nicht viele. Es geht einfach darum, Kanadier in diesen Angelegenheiten auszubilden. In Halifax werden wir die Anzahl der Kriegsschiffe jeder Nation festlegen, die den Konvoi schützen werden.

„Ich werde die Gelegenheit nutzen, nach Montreal zu gehen. Ich bin gleich wieder da Jim

„Bist du noch nicht mit dem Einkaufen fertig?

„Eigentlich ja, aber ich muss mich auch um Herzensangelegenheiten kümmern", antwortete sie mit einer schelmischen Geste.

James hielt sie fester und sie tanzten weiter.

Zwei Tage später verließ er Boston, von dem er fast eine Woche abwesend war. Als er zurückkam, war Nell bereits in der Stadt und fragte ihn nach dem Ergebnis der Konferenz.

"Groß!" antwortete James. Ihre Landsleute sind wirklich nett im Umgang. Es gab keine Schwierigkeiten und alles wurde im ersten Gespräch geklärt. Die Schiffe konzentrieren sich auf Halifax und andere Küstenhäfen.

„Es muss aufregend sein, in einem Konvoi davon zu reisen.

„Glaub es nicht. Es ist ziemlich langweilig.

„Wann kommt es raus?

„Innerhalb von fünf oder sechs Tagen.

Nell lenkte das Gespräch ab, aber ihre Augen waren auf den Ordner gerichtet, den James auf dem Tisch liegen gelassen hatte.

Kurz darauf ging er ins Badezimmer und genoss einige Minuten lang seine Freuden, während er ein Lied summte.

Als er wieder herauskam, rauchte Nell, in einem wunderschönen Negligé gekleidet, leise in einem Sessel zusammengesunken.

Fünf Tage später pflügte ein riesiger Konvoi, bestehend aus hundert Handelsschiffen mit starker Eskorte, durch die atlantischen Gewässer und forderte die Murmansk-Route.

Eine Woche lang durchschnitten ihre Bögen in perfekter Ordnung das Wasser, geschützt von Yankee- und kanadischen Zerstörern und Korvetten, gemäß dem vereinbarten Plan, ohne dass die deutschen U-Boote auftauchten.

Die kanadischen Matrosen wollten unbedingt kooperieren, aber zwischen Island und den Färöer-Inseln passierten sie ohne den geringsten Rückschlag.

Die gesamte Besatzung begann zu glauben, dass es ihnen zu diesem Zeitpunkt gelungen war, dem Angriff der furchterregenden deutschen U-Boote auszuweichen.

Auf der Höhe des fünfundzwanzigsten Meridians, kaum noch ein Tag, um das Nordkap zum nördlichsten Punkt Norwegens zu drehen, wurde eine Nachricht der russischen Marine erbeutet, in der bekannt gegeben wurde, dass mehrere Zerstörer dieser Nationalität im Einsatz waren ihren Weg, ihre Kräfte zu bündeln. an die Schutzkräfte.

Zwei Drittel der Yankee-Schiffe verließen den Konvoi in Richtung Süden, um sich einem anderen Konvoi anzuschließen, der England auf hoher See in die Vereinigten Staaten verließ, um mehr Nachschub zu suchen.

Dies war der Moment, den die Deutschen zum Angriff gewählt hatten.

Seit einigen Tagen lauerten die Stahlhaie, die eine wahre Herde bildeten, in ihren Quartieren und beobachteten die Bewegungen des Konvois.

Seine Zufluchtsorte in Narvick und Vesteraalen waren in der Nähe, und die Operation schien ihm sehr günstig.

Regungslos und stumm zwischen den tausend Inseln der Hammerfest-Region beobachteten die Deutschen, wie die Masse der Schutztruppen vorbeizog.

Sobald sie im Süden außer Sicht waren, begannen sie mit Höchstgeschwindigkeit ihrer Maschinen, auf den Konvoi zu fallen, bevor die russischen Einheiten sich ihm anschlossen.

Die Katastrophe hatte den Charakter einer wahren Katastrophe.

Die kanadischen Zerstörer und Korvetten kämpften heldenhaft, aber ihre Zahl war gering, und die Besatzungen waren zu unerfahren, um sich effektiv gegen die kombinierten Angriffe von einem Dutzend U-Booten und fünfzig Bombern zu verteidigen.

Mehr als dreißig Schiffe, darunter Kaufleute und die kanadische Marine, wurden zusammen mit ihrer wertvollen Fracht auf den Meeresgrund geschickt.

Als die russischen Zerstörer am Ort des Angriffs eintrafen, war dieser bereits vollzogen.

Die Fackeln der brennenden Schiffe beleuchteten noch immer ein düsteres Bild, in dem Hunderte und Aberhunderte von Männern versuchten, sich in Booten, von Explosionen zerrissenen Brettern oder einfach nur schwimmend in Sicherheit zu bringen.

Die U-Boote verschwanden aus dem Schauplatz ihrer Heldentaten, ohne die Ankunft ihrer furchterregendsten Feinde zu bemerken, ohne die geringste Spur zu hinterlassen.

Als diese Nachricht das Marinehauptquartier in Boston erreichte, ballte Vizeadmiral Cramer krampfhaft die Fäuste und begann unter den grimmigen Blicken eines halben Dutzend Offiziere in seinen Diensten wie eine verhungernde Bestie im Büro auf und ab zu gehen.

Endlich blieb er vor ihnen stehen, sprach aber nicht sofort.

„Ich verstehe nicht", murmelte er. Ich verstehe nichts von dem, was passiert ist. Wie konnten sie wissen, wann und wo unsere Schiffe vom Konvoi abheben würden?

Er bekam keine Antwort.

Dasselbe, worüber sich seine Offiziere Gedanken machten.

„Die Aufstellung und Route der Konvois erfolgte unter größter Geheimhaltung, so dass nicht einmal die Kapitäne der Handelsschiffe den Weg wussten.

Aber es war klar, dass einer der Dutzend Leute, die die Bedingungen des Halifax-Deals kannten, irgendeine Infiltration oder Indiskretion vornahm.

„Wie dem auch sei", fügte er hinzu. Es besteht kein Zweifel, dass eine Gruppe von Spionen bei dieser Gelegenheit großartige Leistungen erbracht hat. Ich werde den Behörden Bericht erstatten, und von nun an werden wir außerordentliche Vorkehrungen treffen, um zu verhindern, dass unsere Pläne den Feind überschreiten.

Das Treffen dauerte eine halbe Stunde, aber nichts konnte klargestellt werden.

Die Yankee-Offiziere schworen und schworen, dass keiner von ihnen die geringste Indiskretion begangen habe, weil sie nicht einmal ihren Freunden oder ihrer Familie von dem Konvoi erzählt hatten.

"Vielleicht waren es die Kanadier", sagte einer von ihnen. Denken Sie daran, dass es die erste Operation dieser Art war, die durchgeführt wurde.

"Wir werden diese Möglichkeit in Betracht ziehen, meine Herren", kündigte der Vizeadmiral an, "aber leben Sie inzwischen mit weit geöffneten Augen und fest geschlossenen Lippen.

James kehrte in höllischer Stimmung ins Hotel zurück. Nell, die die Tugend zu haben schien, seine Gedanken wie ein Buch zu lesen, vermutete, dass mit ihm etwas nicht stimmte und wunderte sich.

"Das Schlimmste ist passiert", sagte er. Nachdem er alle Vorbereitungen akribisch getroffen hat, hat er eine echte Katastrophe vorgeschlagen. Deutsche U-Boote haben den Konvoi von Halifax angegriffen und mehr als dreißig Schiffe versenkt.

Das Mädchen stieß einen überraschten Ausruf aus.

"Die Zeitungen werden die Nachrichten morgen veröffentlichen", fügte James hinzu. Natürlich werden sie das Event herunterspielen, aber es war ein Schlag für uns

"Nun, Liebling", antwortete sie, "es war doch nicht deine Schuld,

„Nicht. Weder ich noch einer der anderen Offiziere, die an der Konvoi-Gruppierung beteiligt waren, aber der Vizeadmiral schien in jedem von uns einen Verdächtigen zu sehen.

Nell lenkte das Gespräch woanders hin.

"Gehen wir heute Abend aus?" Er hat gefragt.

„Verdammt, wenn ich Lust habe, irgendwohin zu gehen", antwortete James. Ich denke, ich werde ohne Abendessen ins Bett gehen, wie als ich ein Kind war und einen Wutanfall hatte. Alles, was ich aß, würde mir weh tun.

Nach dem Konvoi-Unglück passierten innerhalb weniger Tage weitere.

Es waren vielleicht unbedeutende Dinge, aber das summierte sich dazu, dass sie die Bostoner Marinebehörden beunruhigten.

James war in seinem Büro und untersuchte einige Papiere, die sich auf die sprudelnden unterirdischen Aktivitäten des Feindes bezogen.

Egal wie viel er darüber nachdachte, er konnte sich nicht daran erinnern, leichtsinnig gewesen zu sein.

Er war an diesem Punkt in seinen Gedanken, als es diskret an seiner Bürotür klopfte. James gab die Erlaubnis einzutreten und ein Matrose stand vor ihm, der ihm sagte, dass eine Frau, die draußen wartete, ihn sehen wollte.

"Eine Frau?" fragte James fasziniert. War es seine Schwester? Oder vielleicht deine Mutter? Er bezweifelte es, weil sie nicht mit einer solchen Zeremonie gegangen wären, sondern in das Büro eingebrochen wären.

Nell?

Der beste Weg, um aus dem Zweifel zu kommen, war, seinen Besucher zu sehen, und er sagte zu dem Matrosen:

„Nun. Lass es geschehen.

Er wartete mit echter Neugier auf die Dame, die hinter dem Tisch stand. Der Matrose öffnete die Tür wieder und machte einer Frau Platz, die James aufmerksam ansah.

War sehr jung. Trotz ihrer schwarzen Roben und des völligen Fehlens von Make-up war es schwer vorstellbar, dass sie über zwanzig Jahre alt war.

Die Haut war glatt und weiß, und das Gesicht, oval und perfekt, wurde von schönen braunen Haaren gekrönt. Alles an ihr strahlte Vornehmheit, Harmonie und Vitalität aus.

Das Mädchen ging entschlossen auf ihn zu, umriss ein Lächeln, das nicht ohne Traurigkeit war, und der Matrose dachte, dass dieses Lächeln ihn an jemanden erinnerte, den er so lächeln gesehen hatte.

Er trat schnell hinter dem Tisch hervor und ging auf seinen Besucher zu.

"Möchtest du dich bitte setzen?" sagte er und zeigte auf einen der Stühle. Womit kann ich Ihnen behilflich sein?

Das Mädchen setzte sich, ohne ihn aus den Augen zu lassen. James tat es vor ihr und das Mädchen fragte ihn:

„Sind Sie Captain Hunter?

Seine Stimme war fein und gut timbriert. James nickte, während er antwortete:

„James Hunter, um dir zu dienen.

„Ich bin Nell Lawson. Erinnerst du dich an meinen Bruder?

Sie zog sich leicht zurück, als James sie anstarrte, sein Mund stand vor Erstaunen offen.

Und seine Ratlosigkeit kannte keine Grenzen, als der Matrose aufsprang und ausrief:

„Du lieber Himmel! Wer ist der andere?

"Nein ... ich verstehe nicht, was du meinst", antwortete er.

James blieb vor ihr stehen, in die blaue, männliche Augen voller Strenge starrten.

„Es ist natürlich, dass ich das nicht verstehe. Sind Sie wirklich Nellie Lawson?

„Natürlich", antwortete sie überrascht. „Ich kann es dir beweisen, wenn du willst.

Sie wollte ihre Tasche öffnen, aber James unterbrach sie mit einer Geste.

"Nein, es ist nicht genau", sagte er.

Jetzt war er sich sicher, dass dies die echte Nell war. Nicht nur wegen der Zuversicht, mit der sie es sagte, sondern auch wegen der Ähnlichkeit mit Lawson, die sie in seinem Gesicht lesen konnte.

Das Lächeln war größtenteils identisch mit dem des Kanadiers.

Aber wer war dann der andere, der vor vierzehn Tagen so getan hatte, als wäre er Nell?

Ein Verdacht nistete in seinem Gehirn. Ein schrecklicher Verdacht, der ihn dazu brachte, sich auf die Lippe zu beißen.

„Natürlich verstehe ich das nicht", wiederholte er schließlich und schaute seinen Besucher an, aber mit seinen Gedanken woanders." Ganz natürlich. Und ich bin ein Arschloch.

Er ging zum Fenster, gefolgt von Nells verwirrtem Blick, und blieb einige Sekunden stehen und blickte auf die Straße.

Dann drehte er sich um. Die Krankenhausszene würde sich wiederholen, aber jetzt mit der echten Nell Lawson.

Sie war wahrscheinlich gekommen, um ihn zu besuchen, um Neuigkeiten über die letzten Momente ihres Bruders zu erfahren.

Aber in diesem Moment konnte er an nichts anderes denken als an den finsteren Plan, den er gerade entdeckt hatte und an dem er mit seiner Idiotie mitgearbeitet hatte.

„Miss Lawson", sagte er und sah das Mädchen an. Ich nehme an, Sie sind zu mir gekommen, um Ihnen einige Einzelheiten über Henrys Tod zu erzählen, nicht wahr?

"Dafür und um ihn zu treffen", antwortete die junge Frau mit der größten Einfachheit.

„Wie ist es nicht früher gekommen?

"Ich arbeite in Montreal in einem Militärbüro" war die Antwort. Ich konnte bis jetzt keine Erlaubnis bekommen. Es hat mich viel Arbeit gekostet, dich zu finden.

„Ich verstehe", murmelte James.

Ihr Blick war unwiderstehlich für ihn, aber er musste Vizeadmiral Cramer so schnell wie möglich sehen, um das Böse, das er unbewusst angerichtet hatte, wiedergutzumachen.

Nell beobachtete ihn wartend. James beugte sich zu ihr hinüber und nahm ihre Hände.

„Ich kann mich jetzt nicht um sie kümmern", sagte er. Ich habe etwas sehr Dringendes zu tun und Sie müssen mich begleiten.

"Mich?" Nells Frage strahlte Erstaunen aus. Das Mädchen stand auf und sagte mit einiger Zurückhaltung. Ich verstehe nicht, warum ich ihn begleiten muss.

„Wir müssen zu meinem Boss gehen", antwortete James. Wir müssen etwas sehr Wichtiges lösen, das Sie auch indirekt betrifft.

Nell zeigte in diesem Moment, dass sie ihre eigenen Ideen hatte und genug Entschlossenheit, daran festzuhalten.

„Nein", antwortete er. Ich muss nirgendwo hingehen, ohne zu wissen, was zu tun ist.

Hunter sah sie leicht irritiert an. Das Mädchen war fast so groß wie er, und jetzt, da er sie besser ansah, verstand er zweifelsfrei, dass sie tatsächlich Henrys Schwester war. Außerdem war eine zweite Täuschung in derselben Sache schwierig.

„Setz dich", sagte er. Da ich keine Wahl habe, werde ich Ihnen etwas sagen.

Fasziniert lehnte sie sich zurück. James tat es auch und begann mit den Worten:

»Als Henry starb, haben Sie mich beauftragt, Sie zu kontaktieren.

"Warum hat er es nicht getan?" fragte sie etwas trocken. „Die Kommissionen der Sterbenden sind heilig.

James beobachtete sie schweigend.

„Ich habe ihm einen Brief geschrieben und ihm alle möglichen Details über seine letzten Momente mitgeteilt. Es sagte dir auch, dass der letzte Gedanke an deinen Bruder für dich war. Hast du es nicht bekommen?

„Nein", antwortete Nell mit zitternder Stimme.

„Vermutlich. Wie hast du mich dann gefunden?

„Die Zeitungen veröffentlichten seinen Namen. Ich habe es mir zur Aufgabe gemacht, dich so schnell wie möglich zu treffen. Warum? Was ist los?

„Etwas sehr Ernstes, Nell. Eine andere Frau verkörpert Sie.

"Meinetwegen?" Fragte das Mädchen fasziniert. So dass?

"Um mich zu täuschen" erzählte er, was passiert war und die Entdeckung, dass seine Ankunft gerade erst entstanden war, behielt die Details, die er für angebracht hielt, nicht zu viel zu preisen, und sagte schließlich: "Wie Sie sehen können, haben sie mich wie eine Puppe benutzt".

Eine kurze Stille folgte seinen Worten. Nell sah jetzt anders aus, mit mehr Verständnis in ihren Augen, gemischt mit einer gewissen Trauer.

„Es tut mir leid“, murmelte er. Willst du ... sie?

„Nein“, antwortete er heftig. Ich habe mich oft gefragt und die Antwort war immer negativ, aber jetzt ... Christus! ... Ich könnte sie töten, wenn ich sie wiedersähe. Wollen Sie mich jetzt zum Vizeadmiral begleiten?

Zu ihrer Überraschung schüttelte Nell den Kopf.

„Nein“, sagte er fest. Und vor James' erstauntem Blick fuhr er fort: "Ich werde dir etwas erzählen, das mir gerade eingefallen ist." Und wenn Sie danach denken, dass meine Idee nicht gut ist, werde ich mit Ihnen dorthin gehen, wo ich meine Aussage für notwendig halte.

James trank seine Worte im wahrsten Sinne des Wortes und fragte sich, welche Idee in diesen kleinen Kopf zwischen den Augenbrauen gekommen war. Nell fuhr fort:

„Das tut dir natürlich weh, nicht wahr?

„Viel“, antwortete er bitter. Natürlich kann ich beweisen, dass ich getäuscht wurde, und sie werden mich nicht aus der Marine ausweisen, geschweige denn erschießen, aber ich kann mich jetzt von der Wiederbesetzung von Vertrauenspositionen verabschieden.

„Außerdem wird er das Gespött seiner Teamkollegen sein.

„So ist es. Na ja. Das habe ich mir für meine Dummheit gut verdient.

Er fragte sich, warum er diesem Mädchen, das er erst vor wenigen Minuten kannte, so sehr vertraute, und ihm fiel keine Antwort ein, außer dass sie Lawsons Schwester war.

"Aber wenn Sie es schaffen, sie und ihre Komplizen zu fassen, weil Sie sie zweifellos haben", könnten Ihre Begleiter sich nicht über Sie lustig machen und es wird etwas zu Ihren Gunsten sein.

James hob sein Gesicht zu ihr, die innehielt und ihn anlächelte.

„Was haltet ihr von meiner Idee?

„Es ist gefährlich", antwortete er vorsichtig. „Ich meine nicht die Risiken, die ich eingehen darf, sondern dass sie etwas erkennen und verschwinden können, womit meine Schande größer wäre. Nein, ich denke, wir sollten die Behörden darauf aufmerksam machen. Sie haben mehr Möglichkeiten, es zu entdecken Übrigens, mir fällt ein, dass dies Auswirkungen auf Kanada haben muss, wie sonst wurde mein Brief abgefangen?

„Ich weiß es nicht", antwortete Nell. Seine Augen flammten auf und er fügte hinzu: „Ich denke nicht wie Sie. Mit ein wenig List könnte er ihm einen guten Schlag versetzen, um ihn für die Bitterkeit zu entschädigen, die er durchmacht. Was glauben Sie, wird der Spionageabwehrdienst tun? Bitten Sie sie, die Komödie fortzusetzen, bis sie das Netz fertig verlegt haben.Nun, genau das schlage ich Ihnen vor.

James dachte über den Vorschlag nach.

Eine dumpfe Wut überkam ihn, als er sich daran erinnerte, dass die falsche Nell mit ihm gespielt hatte, wie sie mit einem Pudel hätte spielen können, und er sagte sich, dass er ihnen tatsächlich klarmachen wollte, dass er nicht so dumm war, wie er schien.

„Komm schon, entscheide dich", ermutigte ihn Nell. Ich würde dir helfen.

"Inwiefern?

„Nun... ich weiß es noch nicht, aber wir werden sicherlich einen Weg finden, es zu tun. Naja, was denkst du?

„Ich denke, ich werde deinen Rat befolgen", schlug James vor. Aber wir werden nicht mehr abdecken, als wir beißen können. Ich meine, wenn wir auf Schwierigkeiten stoßen, werde ich alles meinen Vorgesetzten melden.

„So mag ich es", antwortete Nell mit funkelnden Augen. „Sie werden sehen, dass wir nicht scheitern werden. Ich werde versuchen, Ihnen nahe zu sein. Vorerst werde ich im selben Hotel übernachten.

„Zuerst müssen wir sicherstellen, dass diese Frau sie nicht kennt.

"Kannst du es mir zeigen?

„Wenn zu irgendeinem Zeitpunkt.

"Je früher desto besser.

„Ist schon okay. Ich bin in einer Stunde bei ihr in Cyrus. Es ist eine Bar in der Concorde Street. Du kannst sie dir ansehen.

„Okay", antwortete Nell. In welchem Hotel wohnst du?

James sagte es ihm.

„Ich rufe dich später an.

Als Nell, nachdem sie ihm die Hand geschüttelt hatte, James' Büro verließ, dachte er noch einmal über die Situation nach und fragte sich, ob er gut daran getan hatte, den Vorschlag des Mädchens zu akzeptieren.

Sie sagte sich, dass es das Beste gewesen wäre, alles von Cramer herauszufinden, aber allmählich wurde sie wieder aufgeregt bei dem Gedanken, die falsche Nell dazu zu bringen, etwas von ihrer eigenen Medizin zu schlucken.

Schließlich nahm er den Hörer ab und rief sie für etwas später zu Cyrus.

An diesem Nachmittag rief Nell ihn im Hotel an und sagte, dass sie die Frau, die sich als sie ausgab, nicht kenne und es ihr auch nicht leicht fiel, sie als Nell Lawson zu identifizieren.

Jedenfalls schien es James besser, dass das Mädchen nicht im Hotel eincheckte, aber Nell bestand so sehr darauf, dass keine Gefahr bestand, dass sie schließlich zustimmte, als sie ihn besuchte.

"Es ist okay. Mach es, aber mit einem anderen Namen", sagte er.

Sie saßen beide in seinem Büro beim Navy Command.

James entschied in diesem Moment, dass er Nell Lawson mochte und sprach zu seinen Sinnen und zu seinem Herzen auf eine Weise, die die andere Frau nie erreicht hatte.

„Wir müssen vorgewarnt leben, besonders du", sagte das Mädchen. Glaubst du, er wird in der Lage sein, meisterhaft genug vorzugeben, um sie zu täuschen?

„Mach dir keine Sorgen um mich", antwortete James.

Von diesem Moment an bemerkte er die Vormundschaft von Nell Lawson. Das Mädchen übte eine diskrete Wachsamkeit über sie aus.

So vergingen drei weitere Tage, in denen James einige Beobachtungen bezüglich der falschen Nell machte, die seinen Verdacht bestätigten.

Er und Nell trafen sich täglich in seinem Büro, wo sie Eindrücke austauschten, die jeden Tag eine intimere Nuance hatten.

Tatsächlich fühlten sich beide angezogen und jeder dachte über das Risiko nach, das der andere eingehen könnte.

Eines Nachmittags erschien Nell mit funkelnden Augen im Büro.

"Gute Nachrichten?" Fragte James.

Er saß im Drilling neben ihr auf der Couch. Das Mädchen antwortete:

„Ich weiß es nicht genau, obwohl ich denke, dass ich es tue. Wissen Sie, dass Ihr Freund einen anderen Mann besucht, der im selben Hotel wohnt?

„Nein", antwortete James überrascht.

"Nach dem, was ich beobachten konnte, ist es nicht nur eine Frage der Mitspionage", antwortete sie. Da ist ... noch etwas. Liebe oder so. Und mir kam der Gedanke, dass wir diesen Umstand ausnutzen könnten.

"Wie?

erklärte Nelle. James gefiel die Idee nicht allzu gut, aber schließlich ließ er sich von der Begeisterung des Mädchens mitreißen und stimmte zu, die von ihr vorgeschlagene Komödie aufzuführen.

„Wann machst du es?

„Heute Nacht. Ich brenne und möchte aus diesem Schlamassel raus. Ich denke, das einzig Gute an ihm ist, dich zu treffen.

Nell lächelte.

„Ich glaube, Henry hätte dich das gerne sagen hören", antwortete er.

Als der Matrose ins Hotel zurückkehrte, wartete die falsche Nell auf ihn, gekleidet zum Ausgehen. Auf seine Frage antwortete er, dass er einkaufen gehen würde.

Dann überbrachte er die Nachricht.

„Jim, Liebling", sagte er. Wir haben wenig Zeit, um zusammen zu sein. In zwei oder drei Tagen bin ich wieder in Montreal.

„Aber", protestierte er. „Ich dachte, du hättest alles arrangiert, um auf unbestimmte Zeit in Boston zu bleiben.

„Und so ist es, aber von Zeit zu Zeit muss ich mir mein Geschäft anschauen", erwiderte sie lächelnd. Warum kommst du nicht mit?

„Nach Montreal?

„Nicht. Jetzt. Ich gehe einkaufen.

„Ich bin müde, Nell", antwortete James. Und er musste seinen ganzen Willen einsetzen, um diesen Namen auszusprechen". Ich erwarte auch einen Anruf ... Übrigens, Nell, ich wusste nicht, dass Sie in diesem Hotel eine Freundin haben. Du hast mir nie etwas erzählt.

Er beobachtete die Wirkung seiner Worte auf die Frau. Er spitzte die Lippen ein wenig und wurde leicht blass. Er hielt ihrem Blick jedoch fest stand, als er die Handschuhe anzog.

„Ein Freund? Du liegst falsch, Jim", antwortete er.

„Auf jeden Fall bin ich nicht derjenige, der es ist. Lies das.

Aus der Tasche seiner Uniformjacke zog er ein Blatt Papier, das er der Frau reichte, ohne ihr zu sagen, dass er es kurz zuvor selbst geschrieben und die Handschrift entstellt hatte.

„Es wurde mir heute Morgen unten geliefert", sagte er, als sie den Inhalt der falschen Anonymität erfuhr.

Endlich hob er sein von Wut gezeichnetes Gesicht zu James.

"Es ist eine Lüge!" Er antwortete heftig. Eine berüchtigte Lüge, findest du nicht?

„Ich denke das gleiche wie du", antwortete James. „Gut. Es ist nicht wichtig.

Sie näherte sich dem Matrosen und küsste ihn impulsiv.

„Danke, Jim", sagte er. Danke, dass du mir vertraust.

Er ließ ihn allein.

Ohne zu zögern begann er, das Gepäck der Frau systematisch zu durchsuchen.

Ihre Enttäuschung war groß, als sie nichts fanden, was es ihnen ermöglichte, die anderen Komponenten der Organisation kennenzulernen.

Natürlich hätte die Frau, die sich als Nell ausgab, darauf geachtet, nicht die geringste Spur zu hinterlassen, die ihnen helfen könnte.

Sie waren gerissen und wussten sehr gut, dass jede Unachtsamkeit sie das Leben kosten konnte.

Er nahm den Hörer ab und rief Nells Zimmer an, ohne eine Antwort zu bekommen.

Das war seltsam, wenn man bedenkt, dass sie vereinbart hatten, dass das Mädchen in ihrem Zimmer auf das Ergebnis der Durchsuchung warten würde.

Er klingelte erneut, aber die Glocke läutete eindringlich, ohne Erfolg.

Ich warte noch eine Weile, sagte er sich.

Aber Unruhe beherrschte ihn. Ohne zu wissen warum, spürte er, dass das Mädchen in Gefahr war.

Vergeblich versuchte sie, sich zu beruhigen und beschloss schließlich, beim „Comptoir" anzurufen und zu fragen, ob sie gesehen hatte, wie sie ging.

"Ja, Sir", antwortete die Stimme des Managers. Sie ist vor wenigen Minuten in Begleitung eines Mannes gegangen.

"Von einem Mann?" Fragte James. Wie seltsam! ", murmelte er.

Der Alarm ertönte in seinem Gehirn, aber die nächsten Worte des Angestellten zerstreuten seinen Verdacht

„Es war eine Freundin von ihr aus Montreal", sagte er.

James legte in diesem Punkt beruhigt den Hörer auf.

Nell hatte sicherlich keine andere Wahl gehabt, als auszusteigen. Es kam ihr nicht in den Sinn, dass sie dem Comptoirsachbearbeiter keine Erklärung über die Identität des Mannes geben musste.

Auf jeden Fall hätte sie ihn in sein Büro oder Zimmer rufen können, um es ihm zu sagen.

Er rauchte, tief in Gedanken versunken, als sich die Schlafzimmertür öffnete.

"Bist du das, Nell?" Er hat gefragt.

"Ja" war die Antwort. Die Frau, die sich als Mädchen ausgab, erschien vor ihm und begrüßte ihn.

„Hallo Liebes.

Er küsste sie kurz und machte mehr Licht im Zimmer an.

"Was hast du gemacht?" Er hat gefragt.

„Nachdenken", antwortete James. Ich freue mich darauf, dass dieser verdammte Krieg vorbei ist.

„Wir alle haben es, Jim", antwortete sie. Hallo Liebling. Ich muss dir was sagen.

James war auf der Hut. Sie hat ihn gefragt:

„Hast du dich schon ausgeruht?

„Ja, Nell, was willst du?

„Ich frage mich, ob du mich heute Abend begleiten könntest.

"Wo?

„Zu einer Party", räusperte er sich und fügte hinzu: „Siehst du. Heute Nachmittag habe ich ein paar Freunde aus Montreal getroffen. Ich hatte keine Ahnung, dass sie hier sind... Was siehst du da?

James starrte sie an. Ich fragte mich, ob einer dieser Freunde nicht derselbe sein würde, mit dem Nell Minuten zuvor das Hotel verlassen hatte.

"Ich frage mich, ob es der ist, auf den sich anonym bezog", antwortete er.

Er sah, wie sie sich anstrengte zu lächeln.

"Sind wir uns nicht einig, dass Sie das für eine Lüge gehalten haben?" Er hat gefragt.

"Ja, aber manchmal kann ich nicht anders, als zu denken... Nun. Du hast diese Freunde gefunden. Was ist passiert?

„Sie haben für heute Abend eine gute Party organisiert und mich eingeladen. Ich habe mich nicht fest festgelegt. Wenn du mich begleiten willst, gehen wir. Andernfalls...

„Aber Nell, du weißt, dass du sehr geschickt darin bist, das zu tun, was dir am besten gefällt. Du kannst alleine gehen...

Der Alarm schrie ihm eine Warnung zu. Sie mussten aufpassen. Vielleicht wollte der Komiker ihn in eine Falle führen.

Diese Freunde, von denen er sprach, waren wahrscheinlich seine Komplizen und er würde dem Wolf ins Maul gehen.

„Nun", sagte er sich. Schließlich waren Sie sehr daran interessiert, sie zu entdecken. Nun, jetzt können Sie die Chance haben. Vielleicht denken sie, dass Sie reif genug sind, um etwas vorzuschlagen ...

Die Wahrheit war, dass er nicht glaubte, dass diese Frau ihn in eine Falle locken würde.

Sie waren sich des Plans nicht bewusst, den er und Nell planten, um es herauszufinden. Auf jeden Fall würden sie sich darauf beschränken, sich mit dem Idioten zu treffen und zu plaudern, der ihr Spiel spielte.

„Ich will nicht ohne dich gehen, Jim", antwortete die Frau. Wenn du nicht kommst, bleibe ich hier.

„Möchtest du wirklich gehen?

"Stellen Sie sich vor. Es wird eine gute Party.

"Wo ist?

„Sie haben ein Chalet am Ortsrand gemietet.

„Nun. Wir gehen", entschied James.

Sie strahlte. So sehr er es auch versuchte, James konnte in ihrem Lächeln keinen Hinweis auf den Triumph finden.

Bevor James ging, während die vermeintliche Nellie Lawson Ihrem Make-up den letzten Schliff gab, wurde James erneut von dem seltsamen Gefühl überfallen, dass er auf eine Falle zuging, aber er war nicht bereit, umzukehren.

Er war dumm gewesen, Nells Vorschlag anzunehmen.

Es war ganz klar, dass die beiden nichts gegen diese Organisation aus intelligenten Wesen tun konnten, die zu allem entschlossen waren.

Er konnte sich jedoch noch entscheiden, bevor es zu spät war, und setzte sich entschlossen an den Tisch und schrieb ein paar Zeilen auf ein Papier, das er in einen Umschlag steckte, auf den er die Adresse von Vizeadmiral Cramer stempelte.

Sie kam heraus, als er es in seine Tasche steckte.

"Was ist das?" Er hat gefragt.

James zündete sich achtlos eine Zigarette an. Wenn sein Verdacht wahr war, musste er ihn jetzt mehr denn je verbergen.

„Ein Brief für meine Mutter", sagte er. Bist du bereit

„Ja, wann immer Sie wollen.

Bevor er ging, vergewisserte er sich, dass er die Waffe in seiner Gesäßtasche hatte und respektierte dieses Ende ruhig, schloss die Tür und stellte sich neben die Frau, die auf den Aufzug wartete.

In der Halle angekommen, schaute er in beide Richtungen und sah keine Spur von Nell. Er ging zum Comptoir und reichte dem Manager den Brief.

„Bitte posten Sie es", sagte er und gab ihr ein leichtes Zeichen von Intelligenz.

"Das werde ich, Sir", antwortete der Angestellte.

Als er in Begleitung der Frau zum Ausgang ging, las der Angestellte den Umschlag:

Zur Hand liefern, innerhalb einer Stunde an Vizeadmiral Cramer ", las er.

Die Adresse des Seemanns stand unten, und der Angestellte zischte erstaunt, obwohl er nicht genau wusste, womit er es zu tun hatte.

Sobald das Paar in das vor dem Hotel wartende Auto einstieg, ragte ein anderes Fahrzeug aus der Reihe, in der es geparkt war, und folgte ihnen durch die zu dieser Zeit recht überfüllten Straßen.

Der Fahrer musste sehr geschickt sein, denn er ließ das verfolgte Auto nicht von seinem weg, obwohl er ihn zweimal im dichten Verkehr aus den Augen verlieren wollte.

Schließlich fanden sie sich auf dem Albany Highway wieder, der an den Windungen des Charles River entlangführte, und der Verfolger schaltete seine Scheinwerfer aus und fuhr im Dunkeln, sogar auf die Gefahr hin, gegen einen Baum zu prallen, um nicht entdeckt zu werden.

Ein paar Minuten später bog das Auto, das James fuhr, auf einen Hinweis seines Begleiters auf eine Nebenstraße ab.

"Wird es lange dauern?" Fragte James.

„Nein", antwortete sie. Wir kommen an.

Endlich erschien vor seinen Augen ein Chalet, eher eine Villa in ihren Proportionen.

Es war ein Gebäude im viktorianischen Stil, das von einem Garten umgeben war und aufgrund der modernen Luftveränderungen an seiner Fassade ein beklagenswertes Aussehen hatte.

Das Gartentor stand offen und anscheinend bewachte es niemand.

James lag es auf der Zunge, die Frau, die neben ihm saß, zu fragen, woher sie die Lage des Chalets so gut kenne, aber obwohl er sicher war, dass sie schon vor diesem Moment dort gewesen war, sagte er nichts.

Das Gartentor schloss sich lautlos hinter ihm, ohne dass er es bemerkte.

Der Fahrer konnte weder den kleinen Wagen wahrnehmen, der in diesem Moment unter den dichten Bäumen an der Straße hielt, noch den Mann, der davon sprang und sich mit heimlichen Bewegungen dem Haus näherte.

Davor standen vier oder fünf Autos. James hielt den, der neben ihnen fuhr, an und kommentierte, als er ausstieg:

"Wow. Es scheint, dass wir zuletzt angekommen sind.

„Egal. Sie sind vertrauenswürdige Leute.

Die Fenster der Wohnung waren voll erleuchtet und ein helles Licht kam durch die Ritzen der zugezogenen Vorhänge und verwandelte die Dunkelheit in Halbdunkel.

James und die Frau gingen auf das Haus zu und sie klopfte an die Tür, die sich öffnete, als ob sie von innen warteten.

James und das Mädchen gingen in die beleuchtete Halle und die Tür schloss sich hinter ihnen, was James den Eindruck gab, dass sich die Falle, in der er gerade gefangen war, zuzog.

Und in diesem Moment war er mehr denn je froh, den Brief an Vizeadmiral Cramer dem Direktor des Amarillo Hotels übergeben zu haben.

Der Mann, der es ihnen geöffnet hatte, war ein großer, stämmiger Bursche mit einem massigen Schädel, der James vage an jemanden erinnerte.

Er war sich sicher, ihn gesehen zu haben, auch wenn er nicht genau sagen konnte, wo.

„Hallo, Meister“, sagte sie. Das ist Kapitän Hunter. Er ist mein Freund, von dem ich dir schon erzählt habe.

„Schön, Sie kennenzulernen“, sagte Meister und streckte seine Hand mit einem breiten Lächeln aus, das den Verdacht des Matrosen fast auslöschte. „Willst du ins „Wohnzimmer“?

„Sind sie schon alle angekommen?

„Ja“, antwortete Meister.

Die zehn oder zwölf Leute, Männer und Frauen, die in der Halle waren, drehten sich zur Tür um, als James und seine Gefährten erschienen.

Diese hatte entschieden den Charakter einer Partei, in der offenbar nicht allzu sehr an gesellschaftlichen Normen festgehalten werden sollte.

Die Männer trugen Hemdsärmel und hielten Tassen oder Kuchenstücke oder Cupcakes in der Hand und jeder hatte es geschafft, einen Sitzplatz zu finden.

Von der Terrasse mit Blick auf den hinteren Teil des Gartens kam leise Musik, und das Ensemble war angenehm und vertrauenserweckend.

Vor allem aber empfand James eine Art undefinierbare Atmosphäre, als ob jeder im Raum erwartete, dass von einem Moment auf den anderen etwas passieren würde.

„Leute, das ist Hunter", sagte der Meister. Sie alle kennen Nell, also müssen Sie sie nicht vorstellen.

Er hatte sie Nell genannt.

Dieses kleine Detail überzeugte James, dass sich jeder seiner falschen Persönlichkeit bewusst war und es keinen Zweifel mehr gab, dass er von allen Seiten von Spionen umgeben war.

Spione simulieren ein fröhliches Treffen von Arbeitslosen, vielleicht für den Fall, dass die Polizei eingreifen sollte.

Gut. Sie würden dich nicht unvorbereitet erwischen. Wenn etwas gegen ihn versucht wurde, würde er versuchen, Zeit zu gewinnen.

Er war fast froh zu denken, dass er derjenige gewesen war, der die Spionageabwehr in das Versteck der Spione geführt hatte, und er begann, so zu tun, als würde er sich amüsieren, während er immer noch die Augen weit offen hielt.

Wo wäre Nell?

Er war froh, dass er sie von all dem abhalten konnte, denn das Mädchen würde nicht aufhören, ein Hindernis zu sein, wenn der Moment kam, um zur Flucht greifen zu müssen.

Er tanzte ein paar Stücke mit der gefälschten Nell, die er kannte, und trank ein paar Drinks, genug, um nicht aufzufallen, aber auch nicht genug, um sein klares Urteilsvermögen zu trüben.

In dem Moment, als er in die Halle zurückkehrte, näherte sich der Meister ihm.

„Jäger, komm mit mir", sagte er. Oben wartet eine Person auf Sie.

Er lächelte gutmütig, als er das sagte.

James, ohne zu wissen warum, war sich sicher, dass diese Banditen bald ihre freundliche Maske ablegen würden.

Er sah auf die Uhr. Es war erst eine halbe Stunde her, seit er das Hotel verlassen hatte.

Hinter dem Meister und gefolgt von der Frau stieg er die mit Teppich ausgelegte Treppe hinauf, die in den zweiten Stock führte. Dort angekommen klopfte der Meister an eine der Türen und machte eine einladende Geste.

James schaffte es durch den Eingang zu einem prunkvoll eingerichteten Büro, war aber kaum ein paar Schritte in den Raum gegangen, als er auf dem Bürgersteig festgenagelt war.

"Nell!" Er schrie.

Sein Ausruf war mit dem Geräusch der geschlossenen Tür und dem ironischen Kichern des Meisters verwechselt.

„Wir hatten Recht, Lorna", sagte er. Er bestreitet nicht, dass sie sich kennen.

"109

James biss vor Wut mit den Zähnen über ihre Dummheit, obwohl er den Überraschungsfaktor als Entschuldigung hatte.

Nell saß in einem Sessel hinter dem Schreibtisch im Büro, bleich wie eine Leiche, und sie konnte nicht einmal die Kraft aufbringen, ihn anzulächeln.

Der Matrose drehte sich zur Tür um. Die Freundlichkeit war aus Meisters Gesicht verschwunden, der ihn finster anstarrte.

Neben ihm starrte ihn auch ein Mann mit dünnem Skelett, hohen Wangenknochen und lebhaften Augen unter einer Stirn an, die wegen seiner Kahlheit bis zur Mitte des Schädels reichte, und hielt eine Automatik in den Händen.

Etwas hinter ihm „hatte Loma endlich seinen Namen herausgefunden", lächelte ihn sarkastisch an.

„Gut", sagte James kalt. Jetzt spielen wir mit den Karten im Visier. Was hast du vor?

„Vielleicht liegt etwas an dir", antwortete der Meister. Komm schon, Walter, erkläre...

„Noch nicht", antwortete der Skelettmensch. „Setz dich. Nein, nicht dort", sagte er schnell, als er sah, dass James auf einen Stuhl neben einem Fenster zuging. Dort. Vor ihrer Freundin.

James tat es.

"Was ist los, Nell?" fragte er und lächelte, um sie zu ermutigen. "Es scheint, dass wir wie Kaninchen gejagt wurden. Wie war deiner?

„Ein Mann tauchte in meinem Hotelzimmer auf, als ich auf Ihren Anruf wartete. Er sagte mir, dass Sie ihn schicken würden, um mich zum Büro von Vizeadmiral Cramer zu bringen, wo Sie sich trafen. Ich dachte, es wäre ein Narr. Als er durch die Lobby ging, deutete er an, dass ich dem Manager sagen sollte, dass wir ... Freunde seien.

„Ich verstehe", murmelte James. Es war so einfach wie bei mir. Wenn sie mir jetzt sagen, dass sie so tun, als ob...

„Wir wollen es wissen", antwortete Walter. Du hast gestern Lornas Gepäck durchsucht. Sie "zeigte auf Nell" hat gestanden, dass sie seit fünf Tagen Interviews führen.

„Nun. Na ja, du weißt alles", erwiderte James lächelnd.

Die Augen des Skeletts wurden stählern.

„Du bist sehr ätzend, Hunter, aber wir sind es noch mehr. Was wir wissen wollen, ist, wer ihr befohlen hat, der Komödie zu folgen, da er wusste, dass Lorna als Nell Lawson posierte. Wir möchten, dass Sie uns sagen, was diese Agenten der Navy-Spionageabwehr über uns wissen. Weißt du, warum wir hier versammelt sind?

"Ich vermute. Sie haben Kerzen gesammelt und bereiten sich auf die Flucht vor, wenn es so schlimm wird, wie Sie denken.

„Du bist sehr schlau, aber es wird dir nichts nützen", drohte der Meister. Ich werde ihm das Gesicht hinterlassen, dass weder seine eigene Mutter ihn kennen wird. Ich werde deine Leber essen.

Er war wütend über das endgültige Scheitern ihrer Pläne und darüber, dass er nicht wusste, was im Moment gegen sie geplant wurde.

Es war gefährlich, aber James konnte nicht widerstehen, ihn zu necken.

"Süss!" sagte er lächelnd.

Meister schnaubte vor Wut und stürzte sich auf ihn. James stand auf, bereit, den Angriff trotz Walters Pistole abzuwehren, aber Walter schrie:

"Immer noch!

Meister senkte seine Fäuste und knirschte vor Wut mit den Zähnen.

Lorna kicherte kurz. Sie saß an der Tür und beobachtete die Szene mit offensichtlichem Interesse, aber James konnte den Grund für ihre offensichtliche Belustigung nicht verstehen.

"Wird er sprechen oder nicht?" Fragte Walter.

„Ich nehme an, ich werde keine andere Wahl haben", antwortete James, „aber zuerst möchte ich etwas fragen. Wie wurde Nells Brief abgefangen? Woher wussten sie, dass sie gekommen war?

„Ich weiß, Jim", antwortete das Mädchen. Es war Jane Barnet, "und vor der Unwissenheitsgeste des Matrosen hat sie klargestellt": Sie ist meine Mitbewohnerin. Sie arbeitete im selben Büro wie ich und wir waren wie Schwestern. Offenbar ist sie mit ... mit diesen verbündet ... "sie hat keine Beleidigungen geäußert." Ich habe ihm von hier aus geschrieben, er solle mir etwas Gepäck schicken, weil ich dich gefunden habe und mehr Zeit aufwenden wollte als berechnet. Stellen Sie sich vor ... ich war ein Narr, ein ...

„Keine Sorge, Nell. Du konntest nicht wissen, dass sie eine vulgäre Verräterin ihres Landes war.

Der Meister war wieder wütend. Dieser Kerl war gefährlich, aber vielleicht nicht so gefährlich wie der kalte Walter.

„Jane hat niemanden verraten", sagte er. Ihre Eltern waren Deutsche und sie verdankte sich der Heimat ihrer Eltern.

"Ja?" fragte James schlau.

„Jetzt weißt du alles und kannst loslassen, was du weißt.

Der Matrose schwieg.

Es war klar, dass, wenn er diesen Männern sagte, dass sie alleine gehandelt hatten, sie beide töten würden, damit sie freier fliehen konnten.

Jetzt hing alles von ihm ab. Von ihm und Cramer. Erfolg und Leben oder Misserfolg und Tod hingen davon ab, wie schnell er seine Männer in Bewegung setzte.

Er stand langsam von seinem Stuhl auf und ging ein paar Schritte, gefolgt von der Drohung der Pistole in Walters Hand.

Als er die Hände in die Hosentaschen steckte, spürte er hinter der Spannung seiner eigenen Waffe und war froh, dass er nicht durchsucht worden war.

"Einfrieren, wo es ist!" Meister bedroht.

„Lass ihn", antwortete Lorna trocken. Vielleicht musst du dich konzentrieren.

Zeit gewinnen. Das war es, was er wirklich brauchte. Niemals wie damals verstand er den Wert von Minuten, nicht einmal von Sekunden.

„Du bist abscheulich", schnappte er der Frau ins Gesicht. „Niemand wäre in der Lage, das zu tun, was du getan hast.

„Erzähl es mir nicht", antwortete sie sarkastisch. Wird er mir eine moralisierende Rede halten?

„Nicht. Ich nehme an, seine Eltern wären auch Deutsche.

"Meine Eltern und ich. Sie haben mich hierher gebracht, als ich noch sehr jung war.

„Gut, Hunter. Wir warten." Walters Stimme war kalt und metallisch.

„Wenn ich dir sagen würde, dass außer Nell und mir niemand etwas wüsste, würdest du mir nicht glauben, oder?" fragte James mit dem Gesicht zum Lauf seiner Pistole.

„Natürlich nicht. Kommen Sie jetzt nicht mit Geschichten zu uns", antwortete Meister verärgert.

„Pst, Meister. Ist das wahr?", fragte Walter leise.

„Nicht. Ist es nicht. Die Agenten des Spionageabwehrdienstes wissen alles." James hat gelogen." Sie waren es, die mir befohlen haben, weiterzumachen", fügte er bösartig hinzu von ihnen werden uns gefolgt sein ...

Walter schüttelte den Kopf und schnalzte mit der Zunge.

„Er lügt. Lorna hat ihn hierher gebracht", sagte er.

„Aber wir wurden überwacht", antwortete James warmherzig. Jemand muss uns gesehen haben, wie wir das Hotel verlassen ...

„Es ist eine Lüge", explodierte der Meister. „Verstehst du nicht, Walter? Das erste, was er gesagt hat, ist die Wahrheit. Sie wollten die Sache selbst lösen." Er lachte unangenehm und fügte hinzu: „Gut, Hunter. Hier hast du fast alle Komponenten der Organisation" ... Warum nimmst du uns nicht und übergibst uns gefesselt an die Behörden?

James warf Nell einen Blick zu und sah verstohlen auf die Uhr. Es war elf Uhr nachts, was bedeutete, dass sein Brief inzwischen Cramers Hände erreichen würde.

Nell war sehr blass, aber sie versuchte ruhig zu bleiben. Der junge Mann dachte, es sei an der Zeit zu handeln. Er wusste nicht wie, aber das Gespräch war erschöpft und das Ende, was immer es war, nahte.

"Wie auch immer, das Ende von euch beiden wird das gleiche sein", sagte Walter kalt. Sie sind eine Gefahr für uns und müssen sterben. Dann werden wir uns im Land auflösen, bis der Sturm vorüber ist.

James trat ein paar Schritte näher an Nell heran.

"Planen sie, uns zu töten?" Er hat gefragt.

Walter nickte.

„Komm raus", sagte er.

Lorna stand auf und Meister schritt zur Tür und öffnete sie. Walter sagte noch einmal:

Komm, geh raus.

Was ich jetzt nicht tat, würde ich nie tun.

Nell stieß einen schwachen Schrei aus, als sie heftig gestoßen wurde und zu Boden fiel.

Im selben Moment kauerte James hinter dem Tisch und zog die Pistole.

Walters Projektil sauste an seinem Kopf vorbei und feuerte abwechselnd darunter.

Der kleine Mann grunzte vor Schmerzen und ließ die Pistole fallen, als er sich im Bauch verletzte.

Master sprang aus dem Büro, von einem Schuss verfolgt, und Lorna ging, um ihm zu folgen, aber James schrie:

"Einfrieren wo du bist oder ich erschieße dich!"

Die Frau hob die Arme und drehte sich mit einem grimmigen Stirnrunzeln zu ihm um.

Auf der Treppe waren rauschende Schritte zu hören.

James rief:

"Schließe die Tür!

„Komm und schließ es", antwortete sie.

Er musste riskieren, vom Meister erschossen zu werden, aber es war wichtig, dass die Tür geschlossen wurde, bevor diese Menge verzweifelter Männer den Raum stürmte.

James sprang hinter dem Tisch hervor zur Wand und rannte daneben, immer noch auf Lorna zeigend.

An der Tür angekommen, feuerte er zweimal auf die Treppe und hatte die Befriedigung, einen Schmerzensschrei zu hören.

Dann knallte er die Tür zu, zog den Riegel und zog sich von ihr weg.

Ein Warnruf von Nell wurde mit den zuschlagenden Türen verwechselt, die von außen auf die Holzplanke geladen wurden.

„Pass auf, Jim!

James drehte sich schnell um.

Walter hatte es geschafft, ein wenig in seinem eigenen Blut zu kriechen und hielt die Pistole wieder in der Hand.

James wollte abdrücken, aber in diesem Moment ertönten einige Schüsse, und die Projektile durchschlugen das Holz mit scharfen Klicks und beendeten Walters Aktion.

Sie zogen das Schloss. Lorna stand ihm auf der anderen Seite der Tür gegenüber, ihr Gesicht grimmig.

„Der Spieß ist umgedreht, meine Liebe", sagte er trocken. Warum benutzt du jetzt nicht deinen Sarkasmus?

„Glaubst du, du kommst hier lebend raus?

„Wer bezweifelt das? Was ich gesagt habe, war wahr. Hört zu.

Er und Lorna hielten die Ohren aus dem Fenster.

Und zu James' Überraschung ertönten draußen befehlende Stimmen, die ihn nach Luft schnappen ließen.

War es möglich, dass es Cramer war?

Er sah auf die Uhr. Nein, er hätte seine Männer in so wenigen Minuten nicht in Bewegung setzen können, noch weniger ist er dort angekommen.

Es sei denn, der Brief war vor der vereinbarten Zeit zugestellt worden.

"Was denkst du?" Er fragte Lorna.

„Du bist ein ... ein ...", rief sie mit funkelnden Augen aus.

Auch die Männer draußen mussten etwas Ungewöhnliches gehört haben, denn ihre aufgeregten Stimmen waren auf dem Flur nicht mehr zu hören.

„Sie bereiten sich darauf vor, Widerstand zu leisten", sagte James zu Nell, die sich ihm genähert hatte. Können Sie mit einer Waffe umgehen?

„Ein bisschen", antwortete sie. Henry hat es mir beigebracht.

„Nimm den." Er zeigte auf Walters. Wir müssen die nette Lorna deaktivieren. "Nell hob die Waffe nicht ohne Besorgnis vom Toten auf und James befahl erneut": Bringt die Schnüre der Vorhänge.

Kurz darauf, zeitgleich mit dem ersten Schuss, der ankündigte, dass die Spione sich bis zum Ende verteidigen würden, feuerte Lorna, fest an einen Stuhl gefesselt, völlig harmlose Schmähungen auf sie.

"Was für eine Zunge, mein Gott, was für eine Zunge!" Sagte James empört. „Und zu denken, dass es Frauen gibt, die so reden können. Pass auf, Lorna, meine Liebe! Wenn du dich heftig bewegst, kannst du den Stuhl umwerfen.

Die Frau funkelte aus ihren Augen, wütend wie eine Harpyie.

Für James war dieser Moment süß wie Nektar, da er erkannte, dass er endlich bei dem Treffen triumphieren würde. Nell näherte sich ihm.

„Schau sie dir an", sagte der Matrose. Seit einigen Tagen spielen wir, wer wen vormacht und endlich …

Eine dröhnende Stimme von draußen unterbrach ihn. Wer sprach, tat dies über einen Lautsprecher

und seine Warnung erfüllte alle Bereiche des Hauses.

„Aufgeben! Sie sind eingezäunt und haben keine Chance zu entkommen.

James runzelte überrascht die Stirn. Er kannte diese Stimme.

"Aber es ist Sturges!" Er rief aus.

Die Dinge nahmen weiterhin eine günstige Wendung. Jetzt war es nur noch nötig, dass Cyrus Sturges genug Truppen aufbrachte, um die Villa zu stürmen, bevor es den Bewohnern gelang, in das Büro einzubrechen.

Eine Salve war die Antwort auf Sturges' Einschüchterung.

Mit ihr bestimmten die Spione ihre Haltung. Sie zogen es vor, ihr Leben teuer zu verkaufen, um sich zu ergeben.

Die Schießerei wurde allgemein und Lichtstreifen begannen durch die Fenster zu dringen, die von den Scheinwerfern der Autos kamen, die das Haus von allen Seiten umgaben.

„Nell, wir müssen etwas tun", sagte James. Hilf mir.

Zwischen den beiden stellten sie einige Möbel hinter die Tür, aber die Verteidiger des Hauses schienen sehr damit beschäftigt zu sein, den Angriff ihrer Feinde abzuwehren, da sie sie ignorierten.

So verging eine halbe Stunde, in der er überzeugt war, dass sie beide vergessen hatten.

"Wir müssen Außenstehenden helfen", sagte er.

Die Schüsse der Verteidiger des Chalets wurden immer weniger, ein sicheres Zeichen dafür, dass sie Verluste erlitten.

Am bequemsten wäre es gewesen, in der relativen Sicherheit des Büros auf das Ende des Kampfes zu warten.

Aber die Anwesenheit von Sturges dort gab James einen Verdacht, der überhaupt nicht angenehm war, und er sagte sich, dass seine Gefährten umso weniger an ihm zweifelten, je größer seine Mitarbeit war.

„Ich gehe aus, Nell", sagte er. Pass auf diese Hexe auf.

„Tu es nicht, Jim. In ein paar Minuten ist alles fertig.

Der Matrose nahm sie liebevoll an beiden Schultern.

„Ich muss, Nell, verstehst du nicht? Meine Situation ist sehr heikel. Im besten Fall wurde ich getäuscht und ich muss so viel wie möglich kooperieren.

Sie schluckte schwer und schüttelte den Kopf.

„Ich glaube, du hast recht", sagte er. Aber um Gottes willen, Jim, sei vorsichtig.

Er drückte sanft ihre Hände und begann geräuschlos die hinter der Tür aufgetürmten Möbel zu entfernen.

Dann hakte er den Riegel aus und öffnete ihn langsam.

Das Geräusch der Schüsse von unten wurde deutlicher.

Bevor James aus dem Büro sprang, schaute er durch die halboffene Tür, sah aber niemanden.

Der Geruch von Schießpulver schmerzte seine Nase, als er vorsichtig den Kopf herausstreckte.

Sofort wurde er am Hals gepackt und hinausgeworfen und jemand versetzte ihm einen schrecklichen Stoß, der ihn gegen das Treppengeländer schleuderte.

James verlor die Waffe bei dem Absturz.

Er rührte sich wie eine Katze und konnte in Meisters böses Gesicht starren.

Der Matrose drehte sich um, als das Mastodon zweimal abdrückte.

Eines der Projektile sank in den Bürgersteig, aber das andere traf sein Ziel und James spürte, wie das Blei in seinen rechten Oberschenkel biss.

"Ich werde dich töten", brüllte der Riese. Ich werde dich töten wie einen Hund. Ich werde fallen, aber du...

Er beugte sich über James und hob ihn mit der linken Hand hoch und warf ihn gegen die Wand.

Der Matrose versuchte sich daran festzuhalten, doch seine Kraft ließ ihm nach und er krachte mit bestialischer Wucht gegen die Wand.

Er stöhnte und rutschte an der Wand entlang, bis er auf dem Boden saß.

Master hob die Waffe wieder und James schloss die Augen, das Unvermeidliche erwartend.

Er hörte drei Schüsse perfekt, verspürte aber nicht den geringsten Schmerz und fragte sich, wie es möglich war, dass der Meister die Schüsse auf diese Entfernung verpasst hatte.

Inmitten der Nebelschwaden, die sich bemühten, sein Gehirn zu erobern, sah er ihn taumeln und drehte erstaunt den Kopf zur Bürotür.

Nell war da und hielt Walters Pistole, mit der er geschossen hatte. Der Meister sah sie ebenso überrascht an wie er.

Seine Kraft muss enorm gewesen sein, denn obwohl er die drei Projektile abgegeben hatte, kämpfte er immer noch damit, die zu Boden gefallene Pistole aufzuheben.

Endlich hatte er Erfolg und taumelte vor Nell, die linke Hand umklammerte seine Seite.

"Schieße ... Nell!" rief James heiser.

Eine Art Donner kam aus der Hand des Mädchens, das gleichzeitig die Augen schloss.

Master grunzte und trat ein paar Schritte zurück. Er versuchte sich am Treppengeländer festzuhalten, schaffte es aber nicht und rollte es hinunter in den Flur, wo er still lag.

Unter dem Geräusch von Schüssen kam ein Mann aus einem der Zimmer.

Er war in seinen Hemdsärmeln, struppig und schmutzig. Verzweiflung stand in seinen Augen, als er aufsah und als er Nell auf James zueilen sah, schoss er auf sie, erreichte sie aber nicht.

Dann rannte er nach oben. Nell hat ihn zweimal erschossen.

Beim zweiten fiel der Hammer ins Leere und das Mädchen warf die Pistole auf ihn. Der Mann senkte seinen Kopf um sie herum und ging weiter, wobei er wütend die Lippen schürzte.

Nell kuschelte sich an James, entschlossen, ihn zu beschützen. Sein Blick fiel auf die von der Reling gefallene Matrosenpistole und er rannte darauf zu, bevor er sie erreichen konnte, griff der Mann nach oben und richtete seine Waffe auf sie.

"Einfrieren...!" Er brüllte.

Als wäre ihr Schrei ein Signal gewesen, hallte ein Höllengebrüll durch den Flur.

Die Projektile wurden zu Dutzenden gleichzeitig beschossen.

Holzbrocken vom Geländer flogen in die Luft, vermischt mit Putzsplittern von der Decke.

Der Mann stöhnte und fiel von Kugeln durchsiebt nach hinten. Nell quittierte sein Stöhnen mit einer Ohnmacht.

"Ja", antwortete der Vizeadmiral gereizt. „Natürlich habe ich Ihren Brief bekommen, aber Sie hätten Sturges oder mich auf Ihre Entdeckung aufmerksam machen sollen. Es wäre für alle einfacher gewesen.

„Es tut mir leid, Mr. Ich musste derjenige sein, der sie entlarvte. Es war meine Pflicht, da ich wie ein Chinese getäuscht wurde.

"Das wird Ihnen helfen, in Zukunft vorsichtiger zu sein", sagte Sturges. „Übrigens. Sie mussten nicht die Taschentücher ausgehen, um Vizeadmiral Cramer den Weg zu weisen. Ich hatte bereits alle Mitglieder der Organisation ausfindig gemacht. Ein Agent von mir folgte Ihnen und dieser Lorna aus dem Hotel.

James lachte leise. Er lag auf dem Bett in einem großen Raum im Navy Hospital, und Cramer und Sturges saßen neben ihm.

"Worüber lachst du?" Fragte der erste.

„Ich habe Walter gesagt, ich meine die skelettierte Person, deren Leiche im Büro gefunden wurde, ich habe ihm gesagt, dass mir ein Spionageabwehragent gefolgt ist und er mir nicht glauben wollte.

„Gut, Hunter", sagte Cramer und stand auf. „Ich bin froh, dass alles gut gelaufen ist. Weißt du, dass wir einen Moment lang befürchteten, dass du mit diesen Schurken im Bunde bist?

"Mich?" fragte James erstaunt. Aus welchem Grund sollte er sein?

„Natürlich aus Liebe zu Lorna.

„Es war keine Liebe, die ich für sie empfand", antwortete James. Jetzt weiß ich.

»Und ich nehme an, es war Nell Lawson, die Ihnen den Unterschied aufgefallen ist, richtig?

„In der Tat", lächelte James. He, Sturges, ist einer von ihnen entkommen?

„Niemand. Wir haben zwölf gute Stücke berechnet, von denen wir die meisten gesucht haben. Und die Agenten aus Kanada haben sich gleichzeitig mit uns auf den Weg gemacht. Sehen Sie, Hunter, Sie haben sich vergeblich ausgesetzt.

"Glauben Sie?" Fragte letzteres.

„Gut", räumte Sturges ein. Vielleicht war es nicht ganz nutzlos. Wenigstens hat er seinen Namen von Verdacht gesäubert.

Die beiden Männer gingen, aber die Tür schloss sich nicht. Nell tauchte darin auf, schloss es hinter sich und ging auf James zu.

"Wie fühlen Sie sich?" Er hat gefragt.

„Sehr gut, Nell... du warst sehr tapfer, dich dieser Bestie zu stellen. Weißt du, dass ich dir mein Leben verdanke?

Sie errötete intensiv.

"Was könnte ich sonst tun, Jim?" Er hat gefragt.

„Du bist bewundernswert", bestätigte er und nahm ihre Hand. „Aber du weißt nicht, was du getan hast. Du hast mein Leben gerettet und jetzt musst du es behalten... immer.

Er sah ihr in die Augen.

„Es wird eine sehr angenehme Beschäftigung, Jim", antwortete sie, ihre Augen funkelten vor Glück.

„Ich bin froh, dass du das denkst. Übrigens hast du mir einmal gesagt, dass Versprechen an Sterbende heilig sind. Weißt du, dass dein Bruder mich versprochen hat, dich zu heiraten?

Nell lachte.

„Es ist wahrscheinlich eine Lüge, aber ich bin trotzdem bereit, seinen letzten Willen auszuführen.

„Nun, er hat es nicht gesagt, aber ich bin mir sicher, dass er es getan hat. Nell, wir müssen versuchen, die gutnachbarlichen Beziehungen zwischen unseren Ländern zu stärken, finden Sie nicht?

Sie bejaht mit dem Kopf.

„Nun, könnten Sie mir einen kleinen Vorschuss geben?

Er hob seinen Kopf zu ihr und bot ihr seine Lippen an.

Nell Lawson beugte sich leicht nach unten und strich mit dem Mund darüber, aber sie war in die Falle getappt.

Jims starke Arme schlangen sich um seinen Hals, aber er musste sich nicht anstrengen, um den Kuss für immer weitergehen zu lassen.

ENDE